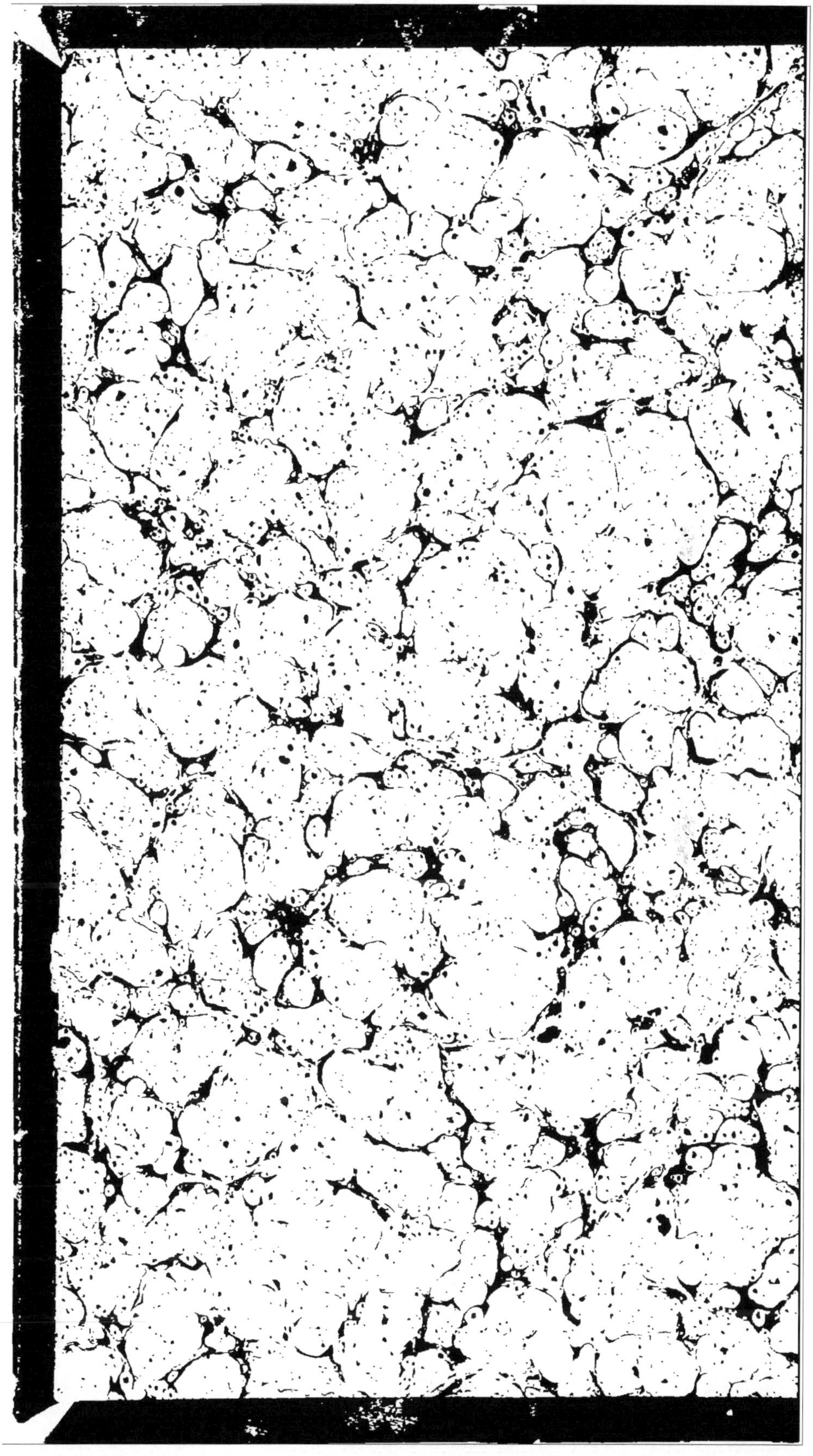

ŒUVRES COMPLÈTES

DE

Léon Dierx

**

LES PAROLES DU VAINCU

LA RENCONTRE — LES AMANTS

PARIS

ALPHONSE LEMERRE, ÉDITEUR

23-31, PASSAGE CHOISEUL, 23-31

M DCCC XCVI

ŒUVRES COMPLÈTES

DE

Léon Dierx

ŒUVRES COMPLÈTES

DE

Léon Dierx

**

LES PAROLES DU VAINCU

LA RENCONTRE — LES AMANTS

PARIS

ALPHONSE LEMERRE, ÉDITEUR

23-31, PASSAGE CHOISEUL, 23-31

M DCCC XCVI

LES

PAROLES DU VAINCU

L'ARMISTICE

FÉVRIER 1871

A A. Vacquerie.

QUELLE nuit, ô mon âme ! et quel silence ! Écoute !
La diane héroïque hier encor battait !
Voilà donc la rançon que le pain blanc nous coûte !
Contemple Paris qui se tait !

Superbe, aux longs échos de ses vingt citadelles,
Hier encor Paris, debout sur ses remparts,
Caressait des canons fidèles.
O stupeur qu'après eux laissent les grands départs !

Le camp sublime, hier plein de veuves sans larmes,
Se roidissant dans sa fierté,
Il se tait, noir désert plein de soldats sans armes,
Prison morne sur qui pèse un rêve hébété !

O nuit faite pour les fantômes!
Ressuscite les vieux Français! Ah! cache-nous,
Nous vers qui rayonnaient ces flèches et ces dômes,
Nous les vivants muets de Paris à genoux!

O nuit! qui donc s'en va? Qui nous quitte? — O silence!
Qui donc râle? Qui donc est mort?
Liberté, gloire, orgueil du drapeau sur sa lance,
Qu'êtes-vous devenus aux rafales du Nord?

Inextinguible amour! Aïeule! idolâtrie
Des morts fameux! O France! héritage sacré!
Berceau! Terre sainte! ô Patrie!
O Christ des nations traîtreusement livré!

LES PAROLES DU VAINCU

I

Tu rêvais paix universelle !
Tu disais : « Qu'importe un ruisseau ?
Pourquoi le globe qu'on morcelle ?
La terre immense est mon berceau ! »
A présent, tu dis : « Hors la gaîne
Le glaive à deux mains des aïeux !
Hors des cœurs le sang furieux !
Et vous, autour de notre haine
Rangez-vous, impassibles Dieux ! »

II

Ils tombèrent enfin, ces braves,
Par blocs massifs, aux trous béants!
Le soir vint grandir ces géants,
Ces vaincus effrayants et graves!
L'un surtout, son buste d'acier
Droit sur l'arçon, semblait attendre!
La nuit, on peut croire, à l'entendre,
Que la mort n'a point voulu prendre
Son âme, à ce grand cuirassier!

III

Ceux de l'Argonne et de Valmy
Sont vêtus de pourpre éclatante.
Ils souriaient fiers, dans l'attente,
Nous criant : « Sus à l'ennemi! »
Mais toujours passaient les Barbares!
Et les vieux sonneurs de fanfares
Criaient en vain : « Debout, les morts!
Redonnez-nous, ô dieux avares!
Du sang qui coule dans des corps! »

IV

Dans les soleils couchants je vois
Des ruines au nom sonore,
Dont la gloire sur nous encore
Flambe et croule, comme autrefois!
Dans les soleils fondants j'admire,
O Paris! les reines d'orgueil.
J'ouvre, éperdu, longtemps, mon œil.
Et je vais criant, l'âme en deuil:
« Ninive! Ecbatane! Palmyre! »

V

Plus d'une fois ta noble épée,
O Patrie! a de son revers
Quelque part fait tomber leurs fers!
Par ton sang fraternel trempée,
Plus d'une plaine était en fleur,
Où l'on riait de ton malheur!
Ah! pour que rien ne te flétrisse,
Toi l'unique Libératrice,
Oublie aussi; pardonnons-leur!

VI

Vous, enfants conçus dans l'année
Aux ciels éclaboussés de sang!
Fils des veuves au lait puissant!
O vous dont l'âme est condamnée
A rêver de meurtre en naissant!
Irritez nos soifs éphémères!
Répétez-nous les cris perdus
Que dans le ventre de vos mères
Vous jetaient les mourants vaincus!

VII

Un long fantôme avec la nuit
Revient, angoisse inévitable!
Un spectre illustre à chaque table
S'assied muet; son sang reluit!
Un grand linceul au coin des bornes
Barre la route au citoyen!
Dans chaque rue un être ancien,
L'aïeule auguste aux grands yeux mornes,
Nous suit dans l'ombre et ne dit rien!

VIII

Qu'ils sont gras, les corbeaux, mon frère!
Les corbeaux de notre pays!
Ah! la chair des héros trahis
Alourdit leur vol funéraire!
Quand ils regagnent, vers le soir,
Leurs bois déserts, hantés des goules,
Frère, aux clochers on peut les voir,
Claquant du bec, par bandes soûles,
Flotter comme un lourd drapeau noir.

IX

Dévore la honte et l'outrage!
Ne dis plus, toi le fils des preux :
« Ces renards étaient trop nombreux. »
Tais-toi! Couve en ton cœur ta rage!
Attends! prépare un jour, pour eux,
Sans répit, l'heure expiatoire.
Laisse-les nous voler l'histoire,
Ces porteurs d'étendards affreux
Sans souffle altier dans la victoire!

X

Sous la lune au sanglant brouillard
Court la nature ensorcelée.
Tu regardes dans la vallée;
Que vois-tu, dis-le-nous, vieillard?
Le vétéran dit : « Je regarde
Ces peupliers rangés là-bas!
Je crois revoir la Vieille Garde,
Haute et droite, avec la cocarde,
Courant au nord, pour les combats! »

XI

Battez le fer, ô forgerons!
Pour percer un jour leurs entrailles;
Fondez le plomb pour les mitrailles,
Quand, un jour, nous les chasserons!
L'odeur des morts emplit la brume.
Dans la plaine et sur le coteau
Que l'espoir, feu sacré, s'allume,
Que la vengeance soit l'enclume,
Et la haine, le dur marteau!

XII

Le vent qui passe nous apporte
Un bruit de fifre et de tambour.
Il ne nous parle plus d'amour,
Le vent qui souffle à notre porte !
Le vent qui chante vient du Rhin
Où mange et boit l'aigle rapace !
Il poursuit en mer le marin,
Sous le ciel clair ou sous le grain,
Le rire affreux du vent qui passe !

XIII

Car là-bas, en riant de nous,
Ils font sonner leurs lourdes crosses ;
Car là-bas, sous leurs mains atroces,
Ils ont mis nos sœurs à genoux !
Ah ! l'honneur est un mort rebelle
Qui dort trop mal pour rester coi !
Il n'attend pas qu'un Dieu l'appelle.
N'entends-tu rien, mon frère, en toi,
Qui hurle : « Allons, réveille-moi ! »

XIV

Dans les aurores les vois-tu,
Montrant, l'une sa noire flèche,
L'autre ses murs toujours sans brèche,
Nos deux sœurs, ivres de vertu?
Les vois-tu sortir dans l'aurore
Des bras dénoués du Germain,
L'une allongeant sa maigre main,
L'autre, vierge farouche encore,
Nos sœurs, après l'horrible hymen?

***

HÉLAS! Dis-nous, chanteur cruel,
Quand finiront les cris de haine,
Quand cessera la gloire humaine
D'être un vain meurtre mutuel?
Vainqueurs, vaincus, à tour de rôle,
Tous ont dressé, courbé l'épaule.
Quel jour enfin, par tous fêté,
Fera, d'un pôle à l'autre pôle,
S'unir en paix l'humanité?

LA RENCONTRE

POÈME DRAMATIQUE

Représenté à la salle Taitbout, le 24 février 1875

A Catulle Mendès.

PERSONNAGES

FABIEN . . . . M. FRAISIER.

TULLIA . . . . Mlle FAYOLLE.

LA RENCONTRE

POÈME DRAMATIQUE

Le théâtre représente un parc illuminé pour une fête de nuit. Au fond on aperçoit un palais aux fenêtres éclairées. Des groupes passent et disparaissent peu à peu. Ils ne reviennent qu'à la fin. Musique lointaine par moments.

SCÈNE PREMIÈRE

FABIEN.

Cette fête est fort belle, et ce parc, merveilleux !
Mais rien de tout cela ne me distrait. Mes yeux
Ne savent qu'y chercher l'image de l'absente.
Le parfum d'un fantôme est le seul que je sente !

Il sort par le fond.

SCÈNE II

TULLIA, *entrant à droite.*

Dieu ! la chose ennuyeuse et sotte infiniment
Pour une femme au bal, que cet empressement
Autour d'elle de fats venant faire la roue !
Comme leur vanité s'étale sur leur joue !
La fade comédie et l'insipide assaut !
Mais le plus ridicule encore et le plus sot
Est l'homme qui me croit conquise à son mérite,
Dans sa discrétion emphatique s'abrite,

Elle indique d'un geste un des hommes qui passent.

Et, vainqueur assuré qui se tient à l'écart,
Veut se faire envier de chacun, avec art !
C'est celui qui se dit mon amant ! Si nous sommes
Coquettes, après tout, c'est la faute des hommes !
Mais leur amour vaut-il la peine, en vérité,
Qu'on en change ? L'amour par tous est récité
De la même façon, comme la jalousie !
Le même homme à nos pieds froidement s'extasie,
Et par convention débite un madrigal
A l'une comme à l'autre, avec sourire égal ;
Et, trompé, se guérit par une impertinence,
Ou soufflette un rival heureux, par contenance ;

Même il en est encor qui n'en montrent pas tant ;
Sans honte et sans regrets, ils s'en vont, emportant
Tout l'oubli qu'on fait d'eux dans leur oubli rapide,
Ressemblant, j'imagine, à la bouteille vide
Que le marin lassé qui s'éloigne du port
Dans le sillage au loin jette par-dessus bord !
On ne les revoit plus ! Et j'étais insensée
Quand je ne sais quel reste à ce bal m'a poussée !
Le mieux est à coup sûr d'en rire, je le vois !

Après un silence, en regardant les groupes s'éloigner et disparaître au fond.

Jamais deux aveux faits loyalement, deux voix
Où vers une âme on sente une âme qui s'élance !
Jamais le vrai serment, et jamais le silence
Où deux cœurs suspendus aux longs éclairs des yeux
Battent pour l'éternel amour qui monte aux cieux !

Fabien reparaît au fond.

SCÈNE III

TULLIA, FABIEN.

TULLIA.

Fabien !

FABIEN, *sans la voir.*

J'ai beau chercher ! En vain partout j'écoute !

TULLIA.

Mais il n'espère pas que j'aille à lui, sans doute!

Elle sort à droite.

SCÈNE IV

FABIEN, *qui l'aperçoit sortir. Mouvement.*

Tullia! qui m'a vu! Rien en elle pourtant
N'a réveillé le rêve éteint, même un instant,
Tandis que follement, moi, je reste plein d'elle!
Elle a fui, l'infidèle à son oubli fidèle!
Elle a craint ma rencontre, et sans doute l'ennui
D'entendre un importun qui plaide encor pour lui!
O femme! confiante en l'amour qu'elle inspire!
Moi, vouloir supplier? Non, j'aime mieux sourire!
Au milieu de la foule où tous deux sans témoin,
Tout à l'heure, il le faut, ou de près, ou de loin,
Mon visage saura lui montrer l'apparence
D'un calme qui réponde à son indifférence,
Et qui profondément vous cache tour à tour,
Orgueil et lâcheté, noirs valets de l'amour!

Il s'assied sur un banc.

SCÈNE V

TULLIA, FABIEN.

TULLIA, *rentrant à droite et se reculant un peu en l'observant.*

Il ne m'a donc pas vue? Ou bien il me fait montre
D'un dédain par trop grand aussi pour ma rencontre!
Un peu d'attention du moins me restait dû!
C'est lui! Mais dans quel trouble à cette heure perdu?
Est-ce quelque autre ou bien moi seule qui le cause?
Ce n'est certes pas moi qu'il attend, je suppose!
Si c'était l'autre? Eh bien! il serait trop plaisant
Que j'en fusse jalouse et tremblante à présent!
L'aimerais-je aujourd'hui? Non.

FABIEN. *Il se lève et se promène avec agitation sans la voir.*

L'atroce folie,
Que ronger des liens où soi-même on se lie,
En creusant la rancune amère où l'on se plaît!
Tout est bien mort en elle! Et c'est l'oubli complet!
Tandis qu'en moi, malgré ma leçon fière apprise...
Ah! comme follement aussi je la méprise!
Elle est là-bas, qui rit peut-être à mes dépens,
Et s'apprête à me tendre un cruel guet-apens!

Allons! qu'elle me voie! et que l'orgueil efface
Toute émotion vile à l'instant sur ma face!

Il va pour sortir à droite. Tullia vient au-devant de lui. Ils se croisent. Mouvement de Fabien qui salue avec une froideur affectée, et passe.

A part.

C'est elle!

TULLIA, *à part.*

Il a pâli!

FABIEN, *à part.*

J'ai failli me trahir!
Pas un seul mot!

TULLIA, *à part.*

Quoi? rien? Comment le retenir?

Haut.

Pardon, monsieur!

FABIEN, *se retournant.*

Madame?

A part.

O lâche! Ma voix tremble!

TULLIA.

Une femme, une amie, était là, ce me semble?
Je la cherche...

FABIEN.

Excusez, madame, je n'ai vu
Personne ici.

TULLIA.

Pourtant, tout à l'heure j'ai cru
Vous entendre appeler par quelqu'un ici même,

Avec intention.

Pendant que nous causions avec franchise extrême,
Et je croyais...

FABIEN.

J'arrive.

TULLIA.

Et de notre entretien?...

FABIEN.

Rassurez-vous, je n'ai, madame, entendu rien!

TULLIA, *à part.*

Si grande insouciance est-elle fausse, ou vraie?

Haut.

Et qui vous dit, monsieur, que si fort je m'effraie?
Si ce que nous disions vous est resté secret...

FABIEN.

Sur l'honneur!

TULLIA.

Je l'apprends peut-être avec regret!
Vous m'eussiez crue alors, sans peine, j'en suis sûre.

FABIEN, *à part.*

O serpent! qui veut voir le trou de sa morsure!

Haut.

Vos secrets sont à vous, madame, gardez-les!

TULLIA.

Ah! si c'était de vous pourtant que je parlais!

FABIEN.

De moi, madame? En vain je cherche, et ma surprise
Est égale à l'honneur dont on me favorise!

A part, pendant que Tullia s'écarte pour s'assurer de leur solitude.

Orgueil, plastron menteur, doublé d'horribles clous!
Mais je mourrais, mordant le fer comme les loups,
Plutôt que d'avouer ce qu'en moi je surmonte
Et nourris chaque jour de torture et de honte!
O sirène!

TULLIA, *revenant, les yeux baissés.*

J'avais grand tort, assurément,
S'il faut croire sincère un tel étonnement?

FABIEN.

Je n'ai sujet aucun d'avoir recours au masque!

TULLIA, *le regardant.*

Non, car à votre front l'orgueil luit comme un casque!

FABIEN.

Je n'ai rien à défendre!

TULLIA, *doucement, après un silence.*

Et moi, rien, n'est-ce pas,
A regagner d'un cœur si tranquille en tout cas?
Un peu d'oubli, voilà mon tort irrémissible!
Mais vous, tout souvenir vous est-il impossible?
Et vous estimez-vous, en vous-même, si peu,
Pour que vous puissiez croire à mon complet adieu?
Souvent le repentir de bien près suit la faute,
Et fait au fond de nous une place plus haute
A l'absent, dont l'image où palpite une voix
Dans le temple embelli flotte comme un pavois!
L'amant qu'on a quitté, c'est celui que l'on pleure
Le plus, peut-être? — Ici, disais-je tout à l'heure!

FABIEN.

J'aurais lieu d'en avoir vraiment quelque fierté!

TULLIA.

Ainsi, je vois par vous mon regret insulté?
Ah! que saurions-nous donc absoudre, si la bouche
Qui fait un tel aveu n'a plus rien qui nous touche?
Et qu'avions-nous aimé jadis, si nous gardons
Aux remords confessés nos lèvres sans pardons?

FABIEN.

Mon incrédulité peut-elle être une offense?
Mais j'ai bien quelque droit de m'étonner, je pense,
D'on ne sait quel regret qui depuis six grands mois
S'éveille étrangement, pour la première fois.

Silence.

TULLIA, *douloureusement.*

Ah ! l'abîme est profond qui toujours nous sépare !
Homme ou femme, ici-bas, chacun garde en avare
Un secret pour lui seul enfoui dans son cœur,
Et, comme un bouclier, porte un masque moqueur !
Pour nous enorgueillir de douteuses conquêtes
Nous nous mentons partout, séducteurs et coquettes,
Mais leur mépris pour nous vaut le nôtre pour eux,
Et la peur de l'amour fait les froids amoureux !
Qui sait ? Peut-être un jour deux âmes fraternelles,
Jalouses des trésors accumulés en elles,
S'unirent par hasard en de courtes amours,
Et n'avaient qu'à s'ouvrir pour se fondre toujours !
Un jour, deux êtres faits peut-être l'un pour l'autre,
Et dans la même foi chacun tacite apôtre,
Ont feint de se trouver, sans jamais laisser voir
Qu'ils s'en vont par le monde avec le même espoir !
Oui, l'amant dont un jour le souvenir s'envole,
Qu'un caprice appelait, et que l'on crut frivole,
Était peut-être aussi, sans le dire, embaumé
D'un amour orgueilleux, solitaire et fermé !

FABIEN, *se contraignant.*

Serait-ce à mon profit, ce beau discours ?

TULLIA.

Peut-être.
On se lasse et l'on part, sans s'être fait connaître !

FABIEN, *railleur.*

Et souvent, à celui que l'on avait quitté
L'on revient par dépit, ou curiosité?

TULLIA.

Pour quelqu'un qui n'a pas banni toute noblesse...

FABIEN.

Un oubli trop facile est un affront qui blesse?
Si peu que vous aimiez, c'est d'un mépris trop grand
Que de vous voir partir d'un œil indifférent?
Votre beauté, du moins, veut un dernier hommage?
Et l'amant qui s'en va sans regret vous outrage?

TULLIA.

Celui qui rit ainsi de son propre abandon,
N'eut pas même un reproche, et n'a pas un pardon,
Indigne de remords, était l'amour indigne,
Et mérita l'arrêt qu'on regrette, et qu'il signe!
Le premier il mentait alors à nos genoux,
Et si nous trahissons, il fut traître avant nous!

FABIEN, *très amer.*

Allez! riez aussi, pour être longtemps belle!
Ce qu'il fut, ce passé, qu'un hasard vous rappelle,
Au peu qu'il en coûta pour briser autrefois
Ses chaînes, vous avez présumé tout son poids!
Avons-nous cru jamais à nos propres paroles?
Aux encensoirs voués à d'uniques idoles?

Aux pas toujours unis dans les mêmes chemins?
Aux magiques rameaux toujours verts dans les mains?
Aux éclairs éternels? aux urnes jamais vides?
Non! Qui crut aux serments seul peut croire aux perfides.
Ce souvenir, madame, est affreusement loin!
J'ai beau fouiller au fond du plus obscur recoin
De moi-même, vraiment, je n'ai pas de rancune!
Je suis sans plainte, étant sans jalousie aucune!
Le beau rêve éclipsé! Vous en vouloir! Pourquoi?
Trahi? Le grand malheur! Mais n'est-ce pas la loi?
Non, madame, cela n'a rien qui m'assombrisse!
C'est le conte ordinaire, et c'était le caprice
Qui se raillait lui-même en se sentant banal,
Qu'un bal avait fait naître, et qui meurt dans un bal.
Pour cela qu'avant moi se lasse une maîtresse,
Moi, sentir ma pensée ou mon âme en détresse?
Non! C'est la vieille histoire et le vieux dénouement,
Vieux autant que les mots si doux et le serment
Qui dans tous les baisers voltigent sur les fièvres;
Vieux comme les aveux, les regards et les lèvres;
Vieux autant que l'amour, ce mensonge! aussi vieux
Que l'éternel ennui qui nous tombe des cieux!

TULLIA, *à part.*

Il raille; et cependant il parle sous l'étreinte
D'un mal profond.

FABIEN.

Non, non. Riez! Je suis sans crainte,

Quand vous me révélez vos regrets et vos pleurs.
D'où viendraient vos remords ? D'où naîtraient mes douleurs ?
De quel traître départ me parlez-vous ? Quel crime
A donc soudain creusé sous ma vie un abîme,
Et réclame si tard son pardon ?

TULLIA.

Et d'où vient
L'amertume qu'en vain votre fierté contient ?
Je ne la sens que trop saigner, votre blessure !

FABIEN, *se redressant.*

Je ne suis nullement blessé, je vous assure !
Il n'est point d'amertume en ce que je vous dis.
Nous avons échangé bien des serments jadis,
Mais de ceux que chacun en soi-même renie.
Ce fut l'amour tranquille en sa double ironie,
L'aventure courante au terme si prévu,
L'union où chacun s'estime heureux, pourvu
Qu'il sente son cœur libre et fragile sa chaîne,
Et rêve sans pâlir la rupture prochaine.
On ne rompt même pas ce lien passager ;
On le laisse tomber un jour, sans y songer ;
Et l'amour de la femme aisément se rattache
A plus menteuse voix, à plus fine moustache !
Sitôt l'ennui venu, vient le nouvel amant.
Que vous reprocherais-je ? Avez-vous seulement,
Par un égard vulgaire, essayé d'un mensonge ?
Pas même une heure ! Et moi, j'en souris quand j'y songe,

Car celui-là mérite, à mon sens, le mépris,
Qui se baisse et ramasse un espoir en débris!

TULLIA.

Amèrement aussi ce soir je vous écoute!
Et je sais mesurer, à l'effort qu'il en coûte
Pour nier aujourd'hui sa richesse, un passé
Trop méconnu de moi, faussement méprisé
Par vous!

FABIEN.

C'est me montrer une foi légitime
Dans le haut prix auquel une femme s'estime!
Et je vous félicite, en toute humilité,
Pour votre clairvoyance, ou votre vanité.

TULLIA.

Vanité bien étrange, alors, qui tout entière
Vient s'offrir elle-même à l'ironie altière!

FABIEN.

Comme une amorce, où luit clairement l'hameçon!

TULLIA.

Non, Fabien! comme un gage et comme une rançon.

FABIEN.

Gage? De quel espoir? Rançon? De quel reproche?

TULLIA.

Est-ce donc à plaisir qu'un cœur se fait de roche?

FABIEN.

Est-ce donc sans raison qu'un cœur froid reprend feu ?

TULLIA.

Pour vous, la raillerie est-elle un si doux jeu ?

FABIEN.

Pour vous, la fourberie est-elle si charmante ?

TULLIA.

Ah ! c'en est trop ! — Pourquoi voulez-vous que je mente ?

FABIEN.

Mais que voulez-vous donc me faire croire ? Et vous,
Que croyez-vous vous-même, enfin ?

TULLIA.

C'est qu'entre nous
Tout n'est pas mort, peut-être, et que tout peut revivre !
Je veux que vous croyiez au remords qui me livre,
Pour m'en purifier, soumise à vos mépris !
Ce que vous me cachez, Fabien, je l'ai compris
Au soin que vous prenez d'en comprimer la plainte.
Ce que je sais, ami, c'est que je suis sans feinte,
Que je lis dans vos yeux comme en votre pâleur,
Et que, transfigurée en sondant ta douleur,
J'aurais droit au pardon plutôt qu'à l'anathème.
Mieux et plus qu'autrefois, Fabien, crois que je t'aime !

FABIEN, *passionnément.*

Tullia, dis-tu vrai?

TULLIA, *de même.*

Vois si mes yeux sont faux!

FABIEN, *à part.*

O femme! ô souvenir plus tranchant qu'une faux!
Qu'elle est belle, pourtant!

Haut.

Oh! ne sois pas si belle!

TULLIA.

Oui, belle, je le sens, d'une beauté nouvelle!

FABIEN.

Tous les parfums des bois sortent de ses cheveux!

Lui prenant les mains et l'attirant sur un banc.

Eh bien! apprends-le donc bien haut, si tu le veux!
En vain je m'efforçais de te fuir; ton image
Me précède partout, m'attire davantage.
Oui, tu l'as deviné; je raillais, en effet.
L'orgueil ment, compagnon sanguinaire qui fait
Du mal qu'on veut guérir l'incurable supplice!
On l'appelle vengeur et ce n'est qu'un complice.
Quand tu te détournas de nos frêles amours,
Je partis, l'appelant en vain à mon secours,
Mais sans cesse, à travers mes révoltes vaincues,

M'abreuvant au poison de ses pointes aiguës.
Si je me suis roidi tout à coup ce jour-là,
C'est qu'en moi tout un ciel inconnu s'écroula!
Et lorsque autour de moi je serrais ma cuirasse,
Le souvenir fouillait avec sa dent vorace
Sous les débris vivants de tous les bonheurs morts;
Et l'enchanteur maudit les changeait en trésors,
Et je sentais partout s'enfoncer les racines
De désirs grandissants faits d'espoirs en ruines!
Oui, plus je me faisais du mépris un devoir,
Plus j'espérais, et plus je voulais te revoir!
Et je venais ici, pâle, t'aimant encore
D'un amour étouffé d'autant plus qu'il dévore,
D'un amour embrasé par son propre linceul,
Et qui, brûlant trop tard, croyait brûler tout seul.
Et de loin, te cherchant sous une ombre qui cache,

Tombant à ses genoux.

Je me faisais plus fier afin d'être plus lâche!

TULLIA, *avec enthousiasme.*

Ah! sois fier, cette fois, mais d'être aimé, Fabien!

FABIEN, *se relevant.*

Et je t'ai vue! Alors veux-tu savoir combien
Mon cœur, plein du remords de son propre courage,
A tressailli de joie, en se gonflant de rage?

Montrant d'un geste le fond du théâtre.

TULLIA.

Nous partirons bien loin. Cet homme, je le hais!
Je ne l'ai point aimé, mon Fabien! Et jamais
Je n'y penserai plus!

FABIEN, *à part.*

Moi, toujours!

TULLIA.

Je le jure!
Où tu voudras, demain, partons!

FABIEN, *à part.*

Quelle torture!

TULLIA.

Va! nous nous aimerons d'un amour jamais las!

FABIEN.

Nous aimer!

Il se recule. — A part.

Insensés! Entre nous deux, hélas!
Se dresse un souvenir que vainement je raille.
Entre nous deux je sens s'épaissir la muraille
Où, debout sur l'oubli, l'orgueil veillait, gardien
Des glaces de son cœur et des brasiers du mien!
Élans tardifs! Derrière un rempart tutélaire,
Lâches élans! dormez! Sans plainte et sans colère,
Redresse-toi sur eux, fierté dont je m'armais!

Rien ne peut plus renaître entre nous désormais.

Se rapprochant de Tullia qui l'a suivi des yeux avec angoisse, et qui va à lui.

Ainsi donc, vous croyez, lorsqu'un vain souffle emporte
En l'effeuillant, un jour, la rose à moitié morte,
Que rouge et chaque jour encor s'élargissant,
Elle peut refleurir sur sa racine en sang?
Vous croyez qu'un éclair, en s'éteignant dans l'âme,
Peut y faire surgir un paradis en flamme?
Vous croyez qu'un refrain arrêté brusquement
Peut nous suivre la nuit comme un rugissement
Qui dans un noir ravin rebondit d'angle en angle?
Qu'on peut faire un vautour d'un oiseau qu'on étrangle?
Et d'un caprice un soir pour un autre oublié,
Un amour immortel, ardent, fier et souillé?
Dites, le croyez-vous?

TULLIA, *écrasée.*

Oh! Fabien!

FABIEN, *avec emportement.*

Alors, dites
Lequel sait plus aimer ses souffrances maudites,
Des deux tyrans qu'on nomme orgueil et lâcheté?
Dis-le, toi, femme, amour, perfidie et beauté!

TULLIA, *suppliante.*

Grâce pour ton supplice, ô Fabien! je t'adore!
Et l'occident de pourpre est l'envers d'une aurore
Immense! Crois en moi, Fabien! et pour toujours!

FABIEN, *amer.*

Oui, tu sais oublier, toi, femme! Toi, tu cours,
Sans qu'un baiser te laisse à toi sa cicatrice,
Comme à celui d'hier, à ton nouveau caprice!

TULLIA.

N'appelle pas ainsi mon amour d'aujourd'hui!

FABIEN.

Que sais-tu de l'amour? Ne parle pas de lui!

TULLIA.

Qu'il a soif de croyance!

FABIEN.

Et faim d'hypocrisie!

A part.

O misérable orgueil! Qu'es-tu donc, jalousie?

TULLIA.

Je sais qu'il peut grandir sous des regards ingrats!

FABIEN, *à part.*

Oh! pouvoir lui rouvrir éperdument mes bras!

TULLIA.

Je sais qu'il met en moi l'ardeur dont, toi, tu brûles!

FABIEN.

Tu sais qu'il meurt aussi sous des lèvres crédules

Et boit au souvenir comme on boit au Léthé!
Mais s'il renaît en vous de sa duplicité,
Crois-tu qu'il ne soit fait pour nous que de bassesse?
Non! A sa propre gloire il s'enivre sans cesse;
Et quand sa propre honte a fait son piédestal,
Il ne redescend plus à son tréteau natal!
Et, tout éclaboussé de sa cendre avilie,
L'amour peut pardonner, mais jamais il n'oublie!

TULLIA, *après un court silence.*

O Fabien! je comprends à présent ton orgueil!
Et, fière aussi, j'irai, muette, sous le deuil
D'un bonheur dont l'amour est le gardien farouche
Et qui nous entre au cœur en nous fermant la bouche.
Lui-même il nous sépare, ayant en moi versé
Même frisson hautain, même horreur du passé,
Agrandissant en moi ta blessure profonde,
Mais en laissant en toi mon âme, morte au monde!

Elle se dirige vers la droite pour sortir.

FABIEN, *suppliant, les bras vers elle.*

O Tullia! pardonne à ton tour; j'étais fou!

TULLIA, *après un moment d'hésitation, revenant vers lui.*

Eh bien, jette-moi donc tes deux bras à mon cou!

Fabien veut s'élancer vers elle, mais il s'arrête, et ses bras ouverts retombent comme malgré lui.

Ton amour se révolte, hélas! contre lui-même.
Et le mien n'en sait voir qu'une preuve suprême,

Hélas! dans cet affront cruel pour tous les deux!
Sur tes bras retombés quand j'avançais près d'eux,
Pèse de tout son poids l'idole profanée;
Et de loin vers ta bouche à regret détournée,
Une idole nouvelle et sans tache apparaît
Qui, prise entre tes bras, sur-le-champ tomberait
En poussière avec toi! D'aujourd'hui je m'éveille!
Et ton amour m'a faite enfin à toi pareille,
Jalouse aussi de fuir un mépris mutuel.
L'amour est maintenant pour nous deux comme un ciel
Où dès qu'on y pénètre on en devient indigne,
Mais dont l'éclair lointain nous sacre de son signe,
Auréole saignante à toute heure, en tout lieu,
Que nous emporterons dans notre tombe! Adieu!
Cher amant, désespoir de mon âme ravie!
Nous nous sommes trouvés trop tôt dans cette vie;
Nous nous sommes connus en ce monde trop tard!
Adieu! Regardons-nous dans un dernier regard,
Pour que toujours au loin notre image s'y dresse,
Ivre d'un souvenir d'impérissable ivresse,
Fabien, et d'un sanglot immortel!

Elle va pour sortir.

FABIEN, *qui s'est laissé tomber, accablé, sur le banc.*

Malheureux!
Je la laisse partir! Oh! le cœur est affreux!
Je suis seul, désormais! Tullia!

Il fait quelques pas.

TULLIA, *tournée vers lui.*

Tu blasphèmes !
L'impossible baiser que nous fuyons nous-mêmes,
Que le vent à jamais rapportera vers moi,
A jamais s'en ira de mes lèvres vers toi !
Et toujours il vivra dans notre cœur fidèle,
L'amour, qui vient d'ouvrir entre nous sa grande aile !

Elle sort lentement.

Fabien la regarde, désespéré, semble vouloir s'élancer à sa suite, puis s'arrête, et sort précipitamment de l'autre côté.

LES AMANTS

MATIN

A Anatole France.

SOUS un souffle qu'emplit l'aube des premiers temps
S'évapore la terre aux verdures nouvelles;
L'arbre enivré s'incline au bord des clairs étangs;
Et les feuilles au ciel battent comme des ailes
Dans l'âme fraîche du printemps.

Sur l'herbe où la rosée a perlé leurs pieds roses
Les nymphes ont conduit les danses d'autrefois;
Et Pan qui rit au loin, les paupières mi-closes,
Écoute en s'éveillant chanter de douces voix
Dans l'air fait du parfum des choses.

Dans l'innocente paix d'un matin enchanté
La nature se vêt de grâce et d'harmonie;
Tout reprend la candeur de sa virginité;
Et dans un souvenir d'existence bénie
Tout baigne et lustre sa beauté.

L'homme passe oublieux des misères humaines
En ce monde oublieux des mortelles saisons;
Et vers des Dieux amis, purs encor de ses peines,
Son cœur léger qui flotte en vagues floraisons
S'en va sur les brises lointaines.

L'ESCORTE

A Georges Lafenestre.

L'Amour marche à travers les siècles, escorté
De deux frères jumeaux, fils de la Volupté,
L'un muet, sourd, aveugle, et que l'autre redoute
Qui toujours le regarde, en vain parle ou l'écoute;
L'un spectre noir dans l'ombre, et l'autre lumineux
Dans l'éclair; une haine effrayante est en eux;
Et sans qu'on voie un choc, un glaive qui se teigne,
L'un reste invulnérable et l'autre toujours saigne;
Ils repoussent les cœurs que l'Amour veut unir;
L'un se nomme l'Oubli, l'autre, le Souvenir.
L'Amour passe à travers l'humanité crédule;
A chaque battement d'on ne sait quel pendule,
A sa droite se dresse un obscur combattant,
A sa gauche rayonne un guerrier palpitant;
L'âme qu'ils touchent part ou reste inassouvie;
Le premier c'est la Mort, et le second, la Vie.

L'Amour monte à travers les sphères du ciel bleu ;
Triste, entre deux reflets, il monte, il cherche un Dieu,
Et tour à tour brisant ou redonnant une aile,
Crie aux astres : « Néant ! » ou bien : « Vie éternelle ! »

BOHÉMIENS

Le royal Archer, le divin Soleil,
Dispersant l'amas d'humides barrières,
Ruisselle en traits d'or le long des clairières;
Et tout resplendit sous le chaud réveil
Du divin Soleil.

Du sentier rocheux ouvert sur la plaine,
Fourmillant au fond de l'ombre du bois,
Descend la tribu sans ville et sans lois
Qui sous la lumière, heureuse, à voix pleine,
Chante dans la plaine.

Les bruns voyageurs aux pompeux haillons
Comme un dais vermeil traînent leur poussière;
La troupe aux grands yeux, proscrite et sorcière,
Fait comme des rois vêtus de rayons
Briller ses haillons.

Proscrits fiers aussi des lambeaux de gloire,
Comme eux voyageurs et magiciens,
Au soleil comme eux les rêves anciens
Changent leurs linceuls dans notre mémoire
En éclairs de gloire !

LE PORTRAIT

QUE tes yeux sont beaux ! J'ai fait sur tes yeux
Mes plus beaux tercets, ô ma bien-aimée !
Ta bouche est petite, aux baisers fermée ;
J'ai fait sur ta bouche au pli gracieux
Mon plus doux cantique, ô ma bien-aimée !
Ton sein jeune exhale un parfum vainqueur ;
J'ai fait sur ton sein, l'âme encor pamée,
Mon plus fier poème, ô ma bien-aimée !
Si tu possédais un cœur, sur ton cœur
Je cisèlerais, ainsi qu'un camée,
Mon plus fin sonnet, ô ma bien-aimée !

Imité de H. Heine.

CROISÉE OUVERTE

QU'ELLE est jeune ! — Ses doigts se posent sur les touc[illegible]
Et les parfums d'avril sont devenus des chants.
Mots vides, autour d'elle expirez sur les bouches !
— Un vol de blancs ramiers plane au loin sur les champs !

Qu'elle est fraîche ! — Ses doigts voltigent sur l'ivoire,
Et tout désir s'égrène en préludes sacrés.
Ne montez plus, soupirs dont nous taisons l'histoire !
— Un vol d'oiseaux de paix glisse en rasant les prés !

Qu'elle est douce ! — Ses doigts sont des ailes magiques,
Et tout se fait sonore au fond des cœurs surpris.
Jours lointains, revivez en célestes musiques !
— Un vol d'oiseaux divins emporte nos esprits !

Qu'elle est blonde ! — Ses doigts volent à tire-d'aile,
Et la foi nous revient avec l'hymne perdu.
Sourire intérieur, éclairez-nous près d'elle !
— Un vol éblouissant vers nous est descendu !

Qu'elle est belle ! — Un vol blanc sur le clavier roucoule,
Et des accords d'odeurs mêlent leurs tourbillons.
Mots d'amour oubliés, sortez de nous en foule !
— Des doigts d'anges au loin font chanter les sillons !

UN SOIR

Une étoile d'or plus brillant
Nous annonce la Nuit sereine.
Ah! tournons-nous vers l'Orient
Pour voir venir la douce reine!

Elle arrive des chauds jardins
D'une odalisque paresseuse;
Lentement, par de bleus gradins,
Monte la Nuit mystérieuse!

Elle ondule en nous caressant,
Fascinante comme une almée;
Aux lueurs fines du croissant,
Nous sourit la Nuit bien-aimée!

Elle filtre et rayonne en nous,
Et notre âme en elle s'abrite;
Elle porte au front les bijoux
D'une sultane favorite.

Elle a les claires profondeurs
Des yeux de la houri docile;
Elle épand au loin les odeurs
D'un paradis d'amour tranquille!

SILENCE

O le silence lamentable
Des bouches qui volaient l'une à l'autre jadis!
Au tournoiement des mots par l'orgueil interdits,
Sa main toucha ma main, dans l'ombre, sous la table.
O le regard inévitable!

O le regard inévitable
Qui détourna nos yeux autrefois aimantés!
Pour les baisers perdus, pour les mortes clartés,
Nos doigts se caressaient lentement sous la table.
O souvenir inoubliable!

O souvenir inoubliable
Qui nous fermais la bouche et nous voilais les yeux!
Souvenir! Souvenir! Appel impérieux!
Nos doigts s'entrelaçaient longuement sous la table.
O fierté vaine et misérable!

O fierté vaine et misérable
Qui sépares les cœurs plus que les abandons!
O mystère! ô tendresse! ô douceur des pardons
Que nos mains échangeaient malgré nous sous la table,
Au fond d'un silence ineffable!

SÉRÉNADE

LA coupe où sans regret tu versas l'affreux vin
Reste la coupe d'or d'un échanson divin!

La nuit qui scintillait quand nous nous séparâmes
Reste l'âme étoilée où montaient nos deux âmes!

La fleur qui mourra loin de tes profonds cheveux
Reste l'œillet béni qui servait les aveux!

Le vent qui passe et prend le baiser qu'on oublie
Reste le messager du serment qui nous lie!

L'oiseau mélodieux que tu n'écoutas plus
Reste le rossignol des jours où je te plus!

Le socle où je dressais ta statue infidèle
Reste le piédestal d'une image immortelle!

Le parfum voyageur dont ton sein m'a sevré
Reste l'errant désir que partout je suivrai !

L'heure qui vainement sonne dans ma détresse
Reste l'instant sublime où venait la maîtresse !

La chanson qui s'éteint tristement dans le soir
Reste l'écho vivant d'un immuable espoir !

Et l'univers morose où j'ai perdu ta gloire
Reste le paradis auquel tu m'as fait croire !

LUNE NOUVELLE

C'EST l'heure où la rose, inclinant sa tige,
Aspire autour d'elle un baiser plus doux.
O frisson du soir ! Caresse ! O vertige !
Dans le crépuscule à quoi rêvons-nous ?

Tout se fait suave et se vaporise,
Et tout s'abandonne aux vagues langueurs.
O mots embaumés flottant sur la brise !
Quel profond silence embrase nos cœurs ?

Là-bas dans le golfe aux ourlets d'écume,
Les bruits de la mer, comme ils sont légers !
O palmes nageant vers nous dans la brume !
Que regardons-nous sous les orangers ?

La nuit nous enlace. Oh ! vois nos pensées
Éclater au ciel en floraisons d'or !
O les mains dans l'ombre ardemment pressées !
Quel secret nous garde un riche trésor ?

Tout palpite afin que tout mêle et fonde
En moi ta tendresse, en toi mon espoir.
O baiser donné pour un autre monde !
Quel nimbe est là-haut sur nos fronts ce soir ?

LES ÉCUSSONS

Clorinde a les yeux clairs et froids comme l'acier,
Qu'indignent les aveux, qu'allument les mains jointes;
Elle habite l'orgueil comme un donjon princier;
Et son regard, pareil au fer d'un justicier,
Sait plus loin dans les cœurs enfoncer mille pointes.

Jane a les yeux profonds, obscurs comme les trous
Que sur les hauts remparts braquent les couleuvrines.
Quand, lourds de voluptés, ils se fixent sur nous,
Entre leurs cils serrés flotte un nuage roux,
Et deux vides brûlants restent dans nos poitrines.

Alice a dans les yeux l'éclat des pièces d'or,
Et ce n'est point au cœur que sondent leurs silences.
Ils semblent soupeser quelque secret trésor;
Et sans cesse inquiets, ils oscillent encor,
Comme font les plateaux des parfaites balances.

Les yeux pâles d'Hermine ont les vagues clartés
Des cierges dans le jour que le vitrail décalque.
Confesseurs des désirs benoîtement quêtés,
Ils leur versent le deuil et les lividités
Des lampes que l'on range autour d'un catafalque.

Les yeux de Julia sont les feux incertains
Des lanternes qu'on cache entre d'épais feuillages,
Sur le seuil d'une auberge aux buveurs clandestins,
Ou ressemblent encore à ces soleils éteints
Embourbés dans les joncs des fiévreux marécages.

Mais, Hélène ! tes yeux sont comme deux gardiens
De toi-même ignorés, fils des blancheurs premières ;
Innocence ! ô candeur des chastes entretiens !
Quels yeux déjà ternis pourraient percer les tiens,
Ces deux grands boucliers faits de pures lumières ?

TROP LOIN

Mon âme est un pays plus lointain que la Chine,
Ma chère ! Et c'est en vain que vers moi méchamment
Tu tournes tes yeux froids pour y lire un tourment.
O femme ! trois fois femme ! ô cruelle machine !
Rallume-les, tes yeux, à ceux d'un autre amant !
Mais n'espère jamais que cet éclair m'émeuve !
Si tu veux voir saigner mon cœur, tu perds ton temps.
Ton manège est trop vieux, ta ruse n'est pas neuve,
Et c'est la loi banale, et je n'ai plus vingt ans.
Ton regard glisse en vain par-dessus ton échine.
Mon âme est un pays plus ancien que la Chine,
Mille fois plus peuplé de jaloux habitants
Qui dans un fleuve jaune, en éclatant de rire,
Jettent leurs nouveau-nés, comme font les Chinois.
Trop de monstres caducs grincent dans cet empire,
Ma chère ! Et je souris de voir tes yeux sournois
Comme des fers aigus dardés vers ma poitrine.
Mon âme est un pays muré comme la Chine !

LE TALISMAN

A Edmond Lepelletier.

Une fée a pour elle été douce marraine.
J'ouvre mon souvenir, afin de la revoir
Heureuse dans la vie, et dans la mort, sereine,
N'ayant jamais connu des rêves que l'espoir.

Elle est morte à seize ans, vierge, belle, adorée,
Je le savais, son cœur à peine ouvert rempli ;
En un coin de mon âme, au fond d'un chaste pli,
Elle dort à jamais, froide, blanche et parée.

Reliquaire odorant dont un ange a la clé,
Son cœur à peine plein s'est fermé ; je le porte
Loin de vous tous, en moi profondément celé ;
Car seul j'avais surpris le secret de la morte.

Que celui qu'elle aima ne sache jamais rien
Du séraphique amour dont il eût brisé l'aile !
Et que toujours entier, mystérieux et frêle,
Le virginal secret vive et reste le mien !

Qu'il soit mon talisman, comme il est ma relique,
Cet amour que la mort a sauvé du réveil!
Pour m'entr'ouvrir en songe une vie angélique,
Qu'il monte, encens lointain, à travers mon sommeil!

DUO

I

RAPPELLE-TOI! c'est la jeunesse!
Et c'est la vie! Oh! souviens-toi!
N'oublions rien! Fais comme moi,
Pour que l'amour sans fin renaisse!

O souvenir de ce transport,
Revis au sein des brises pures!
Pour embaumer les fleurs futures,
Reste en nous, même après la mort!

II

Oublions plutôt! c'est la vie!
Cours, jeunesse, au nouvel espoir!
Dis : « Adieu! » jamais : « Au revoir! »
Garde ton âme inasservie!

O souvenir à peine éclos,
Reste au fond des nuits tutélaires !
Pour laisser nos prunelles claires,
Meurs en nous, père des sanglots !

Elle oubliait. Il en fut triste.
Une larme est dans chaque fleur !
— Elle revint à l'improviste :
Une étoile est dans chaque pleur !

PORTRAIT

COMPARABLE à la nuit des climats sans nuage,
Au ciel clair qu'illumine un éternel été,
Elle marche dans sa beauté,
Femme au regard candide, au caressant visage.

Tout ce que la lumière et l'ombre ont de plus beau
Unit dans un reflet qui joue
Le velours de ses yeux au satin de sa joue,
Mol éclat d'un intime et tranquille flambeau.

Un seul rayon de moins, de plus une ombre à peine,
Et la grâce indicible alors disparaîtrait
Qui nous charme dans chaque trait,
Qui doucement ondoie en ses tresses d'ébène.

Et des pensers sereins, comme un suave éclair
Autour de sa chaste figure,
Nous racontent combien cette demeure est pure,
Combien ce tabernacle en repos leur est cher.

O front calme! Sourire éloquent! O douceur!
Où chacun lit de loin la tendresse profonde
D'une âme en paix avec le monde,
Et d'un cœur dont l'amour a la vertu pour sœur!

Imité de Lord Byron.

LA MORT COQUETTE

Ce sinistre caprice à son horreur manquait.
Pour que son ironie aujourd'hui soit complète,
La faucheuse, qui vient d'ajuster sa toilette,
Se cambre élégamment dans son linceul coquet.

Elle s'attarde, et rit au miroir qui reflète
Le gril de sa poitrine où luit un blanc bouquet;
Mais on sent que bientôt va craquer le parquet
Sous le déhanchement sonore du squelette.

— Ton nouveau fiancé t'appelle, et se débat
Contre la vie! Allons, marche vers son grabat!
Vante les lits profonds de ta paisible auberge!

Fais ton hideux métier! récite tes serments!
Et, ton baiser donné, cours à d'autres amants,
O toi qui sais mentir, courtisane encor vierge!

LE BAPTÊME

PAR-DESSUS toits et cheminées,
Monte, mon âme! et monte encor!
Par delà le banal décor
De ces vapeurs disséminées,
Envole-toi, prends ton essor
Loin de nos mornes destinées!

Pars comme un trait; vole à travers
L'espace maintenant sans nue!
Laisse au fond d'une ombre inconnue
La lune cacher son revers;
Sans t'arrêter, va! continue!
Les cieux sans fin te sont ouverts!

Toujours plus haut, fends, ô mon âme!
L'éther obscur, subtil et froid;
Vénus en bas roule et décroît;
L'anneau de Saturne est en flamme;
Franchis son vide et fuis tout droit,
Toi qu'un secret désir affame!

Perce, rapide, le ciel noir
D'Uranus, et poursuis ta course!
Comme les mailles d'une bourse
La nuit s'entr'ouvre, et tu peux voir
Les astres d'or de la Grande-Ourse
De tous côtés sur toi pleuvoir.

Dans l'élan sublime emportée,
Dépasse Orion; plus avant
Enfonce-toi; frémis au vent
De quelque étoile dilatée,
Monstre lointain au cœur mouvant;
Nage au sein de la mer lactée!

Cherche un monde nouvel éclos,
Un vaste univers que colore
L'écharpe de sa longue aurore;
Baigne-toi dans les roses flots
De ses grands lacs vierges encore,
Fille des siècles de sanglots!

Sur d'ineffables paysages
Plane légère, et disparais;
Parcours les féeriques forêts
Que berce un souffle sans présages;
Parfume-toi des encens frais
Qui flottent sous les premiers âges!

Alors, mon âme, redescends
Purifiée, en ce bas monde;
Et tu pourras, une seconde,
Dans la paix des amours naissants,
Aux doux rêves de l'enfant blonde
Mêler tes rêves innocents.

LES GERMES

Le jour où j'ai senti germer en moi ce rêve,
A l'écart j'ai planté la greffe d'un rosier.
« Mon jeune espoir aura pour sœur la jeune sève,
Me disais-je ; et mes yeux pourront s'extasier
De voir éclore un jour une rose pareille
Au bonheur dont mon rêve un jour sera fleuri,
A la fleur dont mon âme est la précoce abeille. »
Les rayons adorés depuis n'ont plus souri
A ce rêve émondé dans sa métamorphose.
Mais le rosier son frère a grandi sans péril,
S'est paré d'émeraude éclatante, et la rose,
Par le plus frais matin d'un radieux avril,
A, splendide, au soleil entr'ouvert ses pétales.
Ce qui germe en un cœur, Nature, comme en toi
N'a point dans tes saisons d'éclosions fatales.
Que ta fleur ironique obéisse à ta loi,

Et, pareille aux bonheurs d'ici-bas, soit flétrie!
Toute la vie en nous un long espoir porté,
Dans la fertile mort, son unique patrie,
Éclora largement pour l'immortalité!

VOIX D'OMBRE

C'EST une ombre qui parle et la nuit seule écoute.
Va! Sans te retourner à sa voix, suis ta route!
Ce n'est plus un amant, puisqu'on disparaît mieux
Que dans la fosse au fond d'un cœur insoucieux;
Ce n'est pas un ami, puisque rien ne le tue,
Le démon suscité par l'idole abattue;
Non, c'est un étranger, moins encore, un passant,
Un inconnu, quelqu'un qui tout près est absent,
Qui voit tes pleurs couler et qui plus lourd s'arrête,
En secret surchargé de ta douleur secrète;
Car il n'en saura rien et n'en doit rien savoir.
Mais il sait que l'orgueil est l'amer abreuvoir
Où toujours le reflet de jadis se redresse;
Que toujours un cœur tendre y reboit la tendresse;
Et que la vision éplorée aujourd'hui
Y brille à jamais chère et radieuse en lui.

Il sait qu'il reste au loin, dans un pays sonore,
L'écho que ta souffrance avec ta joie ignore,
Et que, même au carcan de l'amour enfermé,
Celui qui n'aime plus n'avait jamais aimé.

SUR LA PLAGE

VEUX-TU partir? — Partons! La mer
Est moins vaste encor que notre âme.
L'amour m'a repris dans sa trame.
Il est plus calme et moins amer,
Le flot qui fait ployer la rame!

Veux-tu chanter? — Chante! Ta voix
Est moins sonore que mon rêve.
Que ta chanson soit lente ou brève,
Va! tous les sanglots d'autrefois
Me poursuivront de grève en grève!

Veux-tu dormir? — Dors! Le sommeil
Est le moins clément des mirages.
On y revoit d'affreux parages!
Nul au fond d'un léthé vermeil
N'y boit l'oubli d'anciens naufrages!

Veux-tu parler? — Parlons! Les mots
Diront-ils vraiment nos pensées?
Ah! combien se cachent, pressées,
Sombres nids sous d'épais rameaux,
Le long des paupières baissées!

Crois-moi! ne formons pas de vœux!
Regardons-nous! Restons à terre!
Ne chante pas. La nuit austère
Est moins noire que tes cheveux.
Veillons! Surtout, sachons nous taire!

ADIEU!

Toi, pour qui l'amour n'est qu'un jeu,
Sans remords, sans mélancolie,
Fais ton métier de femme; adieu!

Toi qui sais oublier, oublie!
Je ne sens fermenter en moi
Ni rancune, ni fiel, ni lie.

En tes yeux je n'avais pas foi,
Et dans mon âme rien ne saigne.
Obéis à la vieille loi!

Redore et repeins ton enseigne,
Arrête les désirs épars,
Cherche un sot qui demain se plaigne.

Cœur léger, cœur vide, adieu! Pars!

CHANSON

Le ciel est loin; les dieux sont sourds.
Mais nos âmes sont immortelles!
La terre s'ouvre; où s'en vont-elles?
Souffrirons-nous encor, toujours?

L'amour est doux; l'amour s'émousse.
Un serment, combien dure-t-il?
Le cœur est faux, l'ennui, subtil.
Sur la tombe en paix croît la mousse!

La vie est courte, et le jour, long.
Mais nos âmes, que cherchent-elles?
Ah! leurs douleurs sont immortelles!
Et rien n'y fait, trou noir, ni plomb!

SAISONS BROUILLÉES

QUAND naissent les fleurs au chant des oiseaux,
Ton étrange voix gravement résonne,
Et comme aux échos des forêts d'automne
Un pressentiment court jusqu'en mes os.

Quand l'or des moissons mûrit sous la flamme,
Ton lointain sourire à peine tracé
Me pénètre ainsi qu'un brouillard glacé.
L'hiver boréal envahit mon âme.

Quand saignent au soir les bois dépouillés,
L'odeur de ta main laisse dans la mienne
L'odeur des printemps d'une étoile ancienne,
Et je sombre au fond d'espoirs oubliés.

Es-tu donc un monde au rebours du nôtre
Changeant et mortel, où je vis aussi?
Soumis à lui seul, insensible ici,
Si je meurs dans l'un, survivrai-je en l'autre?

Je regarderai dans tes yeux ouverts
Quand viendront le froid, la neige et la pluie.
La perdrai-je encor, mon âme éblouie,
Dans tes yeux brûlants comme les déserts?

CHEMINS DES RUINES

QUAND Vénus au reflet d'opale
Filtrera de loin sur les fronts,
Quand viendra l'heure, nous irons,
Comme au hasard, dans le soir pâle.

Je marcherai dans les sillons,
Tu t'en viendras par la prairie,
Moi sous un vol impur qui crie,
Toi sous l'essaim des papillons.

Tu suivras le sentier qui chante
Au crépuscule doucement;
Je longerai le bois dormant
Où flotte une âme frissonnante.

Ensemble, par les deux versants,
Nous monterons sur la colline,
Moi déchiré par chaque épine,
Et toi parmi les vers luisants.

Et dans les ogives béantes
Sur la transparence du soir,
En même temps nous pourrons voir
Surgir nos têtes souriantes !

L'ÉPERON

L'INSATIABLE instinct de vivre nous harcèle
Jusqu'au bout, cependant qu'à l'angoisse nouvelle
Nous marchons précédés par le nouveau souci,
Et mordus en secret sans trêve ni merci
Par l'hydre que déroule et nourrit la mémoire.
O Nature! à la nôtre asservissant ta gloire,
Troublant par nos vils bruits tes muets entretiens,
Sans honte nous versons nos rêves dans les tiens.
Fiers de tes flancs rongés, trouant tes saintes voûtes,
Sous l'éperon fatal nous reprenons nos routes
Vers le labeur des jours ou le repos des nuits,
A travers nos remords, nos dégoûts, nos ennuis,
Nos désespoirs, hélas! nos amours, ô misère!
Qui de tout l'horizon font une fondrière,
Et plus noirs, plus stagnants que les marais croupis,
Infestent la moisson de nos futurs épis.

Et c'est à peine encor sur cette flaque infâme
S'il flotte une blancheur arrachée à notre âme,
Comme un dernier faisceau tombé du haut des cieux
Du poitrail pantelant d'un oiseau fabuleux.

LA POURSUITE

C'EST en vain que tu la fuiras,
Disant : « L'absence cicatrise ! »
Le hasard est plein de traîtrise ;
Et l'insensible aux yeux ingrats
Qu'un sourire jamais n'irise,
Un jour, tu la rencontreras.

C'est en vain qu'on croise les bras,
Disant : « Mon mal, je le méprise ! »
Le passé, plus fort, nous maîtrise ;
Et tout à coup tu l'oublieras,
Ta leçon fièrement apprise,
Et lâchement tu pâliras.

C'est en vain que tu vieilliras,
Disant : « Sa tête est toute grise ! »
Le regret ne lâche pas prise ;
Et l'amertume où tu sombras
Est la source où rien ne se brise
Des traits purs que tu reverras.

Et c'est en vain que tu mourras,
Disant : « La grande nuit dégrise ! »
Sous le grand soleil, sur la brise,
Ce qui peuplait un crâne ras,
Au ciel peuplé se vaporise ;
D'astre en astre tu chercheras.

AU JARDIN

A Léon Hennique.

Le soir fait palpiter plus mollement les plantes
Autour d'un groupe assis de femmes indolentes
Dont les robes, qu'on prend pour d'amples floraisons,
A leur blanche harmonie éclairent les gazons.
Une ombre par degrés baigne ces formes vagues;
Et sur les bracelets, les colliers et les bagues
Qui chargent les poignets, les poitrines, les doigts,
Avec le luxe lourd des femmes d'autrefois,
Du haut d'un ciel profond d'azur pâle et sans voiles
L'étoile qui s'allume allume mille étoiles.
Le jet d'eau dans la vasque au murmure discret
Retombe en brouillard fin sur les bords; on dirait
Qu'arrêtant les rumeurs de la ville au passage,
Les arbres agrandis rapprochent leur feuillage
Pour recueillir l'écho d'une mer qui s'endort
Très loin, au fond d'un golfe où fut jadis un port.

Elles ont alangui leurs regards et leurs poses
Au silence divin qui les unit aux choses,
Et qui fait, sur leurs seins qu'il gonfle, par moment
Passer un fraternel et doux frémissement.
Chacune dans son cœur laisse en un rêve tendre
La candeur de la nuit par souffles lents descendre;
Et toutes, respirant ensemble dans l'air bleu
La jeune âme des fleurs dont il leur reste un peu,
Exhalent en retour leurs âmes confondues
Dans des parfums où vit l'âme des fleurs perdues.

LA CHANSON BÉNIE

Je me suis grisé ; j'ai perdu mon âme !
Je chante et je cours, ne sachant plus où ;
Dans le ciel je crois qu'un ange m'acclame ;
Je vais, je reviens, je ris comme un fou !

J'ai perdu mon âme, ou mon cœur ; qu'importe ?
Une joie immense est entrée en moi ;
Le printemps m'appelle et m'a pris pour roi ;
Un souffle léger m'enlève et m'emporte !

C'est depuis hier et depuis longtemps !
Je renais ou meurs au monde, il me semble ;
Je monte au milieu d'encensoirs flottants ;
J'ai perdu mon âme et mon cœur ensemble !

Je n'ai pourtant bu ni vin ni liqueur ;
Je vole et je plane, étonné de vivre ;
Je ne suis pas fou, je ne suis pas ivre ;
J'ai donné mon âme et donné mon cœur !

J'ai bu l'espérance en un doux sourire !
J'ai puisé l'amour en un regard clair !
Mon cœur a fondu comme fond la cire !
Mon âme est partie ainsi qu'un éclair !

LA COURTISANE

Certes, le mal sur nous a d'étranges puissances.
Comme à l'abîme plein d'épouvante et d'échos,
Le chimérique appât des âcres jouissances
Nous attire vers lui, tous les jours, sans repos.

Mais il est entre tous un puits fait de vertige
Où l'âme, en s'y penchant, vacille de stupeur.
C'est l'œil clair et sans fond sous qui le sang se fige,
L'œil de la courtisane où nage une vapeur;

L'œil vitreux, aux éclats de phosphore et d'agate,
Qui fouille tous les cœurs comme de vieux foyers,
Et le soir, comme un phare énigmatique, éclate,
Attrait mystérieux des continents noyés.

— Quand tu tournes vers nous la clarté chatoyante
De ta large prunelle aux reflets verts ou bleus,
Dans ton regard errant une attente effrayante
Est cachée, ô Sirène aux contours onduleux!

Surmontant le dégoût des baisers pleins de baves,
Circé qui te repais des hontes du vieillard
Et changes dans tes nuits les gloires en épaves,
Quelle angoisse, réponds, nous dérobe ton fard ?

Dans ta sérénité, rempart inattaquable,
L'ennui plane-t-il seul sur ton front nonchalant ?
Toujours inassouvie et toujours implacable,
Est-ce la soif de l'or qui te ronge le flanc ?

Peut-être, un de ces soirs aux senteurs souveraines
Où, comme un flot d'encens, les paradis perdus,
Refluant du passé dans leurs candeurs sereines,
Nous font sentir l'horreur des gouffres descendus ;

Peut-être as-tu maudit l'amour qui t'a trompée ;
Et que, croyant tarir la rancune et le fiel,
Tu te venges sur tous, dans ta froideur drapée,
Des cris désespérés que méprisa le ciel.

Vide ou non, ce regard à la terrible geôle
De tes bras conduit ceux qu'a marqués ton orgueil ;
Et dès que tu souris, l'enfer qui les enjôle
Dore les profondeurs sinistres de ton œil !

L'ENSEVELIE

J'AI lu dans le regard que ton silence arbore.
Tu nous disais : « Je suis la souterraine amphore
Dont nul n'a respiré les parfums précieux,
Orgueil des jardins frais de Perse ou du Bosphore.
Je suis le vase clos et perdu pour les yeux.
Vivez, chantez, riez! Étalez sous les cieux
Vos cyniques ennuis, comme un fumier fétide!
Je suis l'urne, plus riche encor que l'Atlantide,
Ensevelie au fond d'un temple pompéien,
Sous l'angle protecteur d'une cariatide;
J'abrite dans la nuit mon trésor très ancien!
Aimez au jour le jour, sans flamme au cœur! Le mien
N'embaumera jamais votre détresse immonde!
Avant qu'il ait pu battre et s'ouvrir à ce monde,
Les laves du regret, les cendres du mépris
L'ont couvert d'une couche éternelle et profonde,
Où mes rêves lui font un rempart de débris.
Je suis le flacon d'or séculaire et sans prix,

Qui, loin de l'antiquaire, au pied d'un mont sommeille,
Tout entier plein toujours d'une liqueur vermeille.
Vienne un ébranlement aux plus rudes assauts
Qui me brise dans l'ombre, enfin ! Alors pareille
A cette urne, je veux qu'entre d'obscurs monceaux
Mon âme s'évapore en odorants ruisseaux !

L'ENCLUME

ASSEZ de souffrance inféconde!
L'angoisse au cœur, le front serein,
Forçat, dans le bagne du monde
Rentre avec ton boulet d'airain!

Si l'amour t'a fui, l'art te reste.
Dans la forge aux tristes clartés
Descends, poète, sombre Oreste
En proie aux noires déités.

Ouvrier, reprends à la rouille
Les outils que t'a donnés Dieu.
Sous le long oubli qui les souille
Fais luire encore l'ancien feu!

Plus d'espérances mensongères!
Spectres grinçants du rêve enfui,
Sorciers lugubres des fougères,
Tournez, hurlez autour de lui.

Essaim des cauchemars nocturnes,
Emplissez l'antre affreux ! Venez
Sonner aux heures taciturnes
Le glas des soupirs dédaignés !

Toi, cependant, sculpte, cisèle,
En riant, des songes encor,
Et réchauffe-les de ton zèle
Pour les polir au marteau d'or.

A l'œuvre ! forgeron ! Rallume
Ton feu, puis souffle avec ardeur !
Mais frappe fort, puisque l'enclume,
Malheureux, c'est ton propre cœur !

LE CHOC

FRANÇOISE dit à Dante en penchant son front blême :
« Un cœur noble à l'amour résisterait en vain,
Car l'amour nous oblige à chérir qui nous aime. »
Ah ! C'est l'ange qui parle, un ange trop divin !

Plus d'un cœur noble est dur quand l'amour vrai l'appelle,
Qui s'attendrit soudain pour quelque faux serment ;
Sur des fronts adorés le mot « jamais » s'épelle ;
Que de lèvres ont ri des larmes d'un amant !

Pourquoi ? Qui le saura ? Que le blessé guérisse !
Le poète a l'amour, la femme a la beauté.
La femme veut du sang dont son fard s'enchérisse ;
L'autre enfonce et retient le trait dans son côté.

Elle triomphe et raille ; il se souvient et pleure.
Contemplateur d'abîme au vertige fatal,
A qui s'en prendrait-il de l'espoir qui le leurre ?
Qu'il souffre ! c'est sa faute ! Il inventa son mal !

Oh ! le choc éternel ! Deux éclairs, une cible ;
Deux yeux, un cœur qui bat sans revanche à son tour ;
Un rayon qui transperce, une plaie invisible ;
La femme a la beauté, le poète a l'amour !

RETOUR DE FÊTE

Le maître est l'Amour, l'heure est la maîtresse!
Au rythme affolé du fifre et des cors,
Au bal, un instant de soudaine ivresse,
J'avais dans mes bras pressé ton beau corps.

J'avais respiré dans ta chevelure
L'odeur qu'un amant porte à son chevet;
Et ta joue en fleur gardait la brûlure
Du feu que ma tempe aussi conservait.

La fête pour tous était bien finie;
Et par les chemins tout illuminés
Nous suivions les pas de la compagnie,
Sans nous dire un mot, les yeux détournés.

Dans l'allée obscure enfin nous entrâmes.
Oh! le ciel n'a pas de plus prompts éclairs!
Un baiser subit, unissant nos âmes,
Fondit comme un philtre au fond de nos chairs.

Le maître est l'Amour, l'heure est la maîtresse!
Et toujours les bois, et toujours la nuit
Sont les enchanteurs et l'enchanteresse
Au muet conseil qu'en silence on suit.

LA CONFRONTATION

DANS mon chemin honteux qui marche, sœur fatale?
— Presque une enfant, ma sœur, aussi morne que vous?
— Quelle nuit! Quel éclair! Qui t'a faite si pâle?
— Un dédain, un départ, l'enfer d'un cœur jaloux!
— Un peu d'orgueil suffit pour n'être pas jalouse!
— Un grand amour trompé fait qu'on aime toujours!
— Lâche, qui pense au traître avec des yeux d'épouse!
— Pire encore, qui craint les douleurs sans secours!
— Le mépris nous délivre, et l'oubli vient, qui venge!
— Le souvenir enchaîne et grandit les regrets!
— Change d'amour aussi, puisque ici-bas tout change!
— Ne plus aimer celui qui m'aima? J'en mourrais!
— Sois la haine! Tout homme est vil et vain d'une ombre
— Si la bouche mentait, son baiser m'enivra!
— L'infamie ou la mort, choisis! Tout rêve y sombre!
— Sur l'infâme tombeau mon rêve flottera!

— Tes larmes tariront, tu souriras encore!
— Oui, toujours, comme toi, vers le bourreau perdu!
— Ah! je te reconnais, fantôme que j'abhorre!
— Oui, je suis ta jeunesse, ô cœur noir! corps vendu!

LE CAMÉE

Un cœur d'homme à vingt ans est une cire molle.
Une enfant, tout à coup, avec son doigt léger
Y trace son image insoucieuse et folle;
Puis se sauve en riant, et sans plus y songer.

Mais la cire devient plus dure que la lave;
Et sur ses bords brûlants ou glacés tour à tour,
Le profil adoré par la douleur se grave.
Nul acide n'en peut ronger le pur contour.

Pas de pierre qui l'use ou de feu qui le fonde!
Sur lui l'absence est vaine et le temps en vain mord.
Ni les pleurs corrosifs, ni la rouille profonde,
Rien n'y fait. Le camée est là, jusqu'à la mort!

Et toujours, et partout, comme un remords vivace,
De l'immortelle empreinte une perle de sang
Filtre vers la poitrine, et grandit, quoi qu'on fasse,
Car on l'essuie en vain sans cesse, en pâlissant.

Puisque l'affreux réveil d'un beau songe nous tue,
Vous tous, rêveurs charmés qui gémirez demain!
S'il vous faut un amour, aimez une statue
Sans demander aux Dieux de remuer sa main!

S'il faut pour être heureux caresser quelque rêve,
De celui-là du moins l'on ne s'éveille pas
Transpercé d'un rayon comme du froid d'un glaive;
Et peut-être on l'embrasse au delà du trépas!

HYMNE A UNE JEUNE FILLE

Comme un reflet clair, comme un écho frais,
Comme un chaste encens du jardin des anges,
Parmi nos ennuis, nos laideurs, nos fanges,
Offre, ô jeune fille encor sans secrets !
Tes yeux transparents, ton rire suave,
Ton âme légère, à la fois chassant
Tout, regret, tristesse et souci pesant !
Ton regard contient l'eau pure qui lave,
Ta voix est un chant plus mélodieux,
Ta candeur fait croire à celle des Dieux !
O clarté lointaine ! ô chanson ravie !
O fleur d'innocence ! écloses en nous,
Répandez parfums, joie, éclat sur tous,
Dispersez remords, lassitude, envie !
Vous êtes l'étoile à notre secours,
L'extase égrenée en nos cœurs paisibles,

Le baume divin des pleurs invisibles!
Réveillez en nous, dans l'ombre des jours,
Comme un chaste espoir d'un ciel sans colère,
Comme un frais appel, comme une aube claire!

A CLAUDIUS POPELIN

PEINTRE ÉMAILLEUR ET POÈTE

Les Muses qui berçaient jadis tant de berceaux,
Claudius, ont baisé ta lèvre et tes paupières,
Et les ongles d'émail de ces douces guerrières
Ont sur ton front tracé deux des sublimes sceaux.

Les rois de fer et d'or sous l'azur des arceaux
N'ont plus même l'orgueil du sang de leurs rapières :
Toi, tu peux, conquérant du rythme et des lumières,
Léguer ton œuvre au temps sans peur de ses assauts.

Ton âme fut choisie et ta main fut pourvue
Pour enchanter l'esprit, pour éblouir la vue,
Mais non du lecteur morne ou du passant banal.

Si l'art est la noblesse et l'honneur de la vie,
Deux fois noble, tu veux que deux fois l'on t'envie
Un blason recouvert d'un pli seigneurial.

LES AÏEUX

A François Coppée.

PLEIN des ferments actifs par les soleils mûris,
Le fourmillement jeune et bestial des races,
Aux vierges appétits de ses âmes voraces,
Dans le monde aussitôt jeta les plus grands cris.

O passé! Premiers bonds effrénés des esprits!
Babels dont jusqu'aux cieux tournoyaient les terrasses,
Flammes des rois vaincus, triomphales cuirasses,
L'or, l'airain, le granit, pour les âges pétris!

Héroïques remparts, criminelles Gomorrhes,
Pêle-mêle des dieux, des empires sonores,
Du désert extatique et des saintes forêts!

Tout cela dort, silence, oubli, sable et ruine!
Plus rien, que, près du rire hébété de la Chine,
Le grand soupir de l'Inde, ancêtre aux lourds secrets!

NOËL

A Sully Prudhomme.

DÉJA combien de fois, avec tranquillité,
Ce vieux monde a refait le tour de son orbite!
Nous aurons disparu dans quelque horreur subite,
Qu'il tournera toujours, ni las, ni révolté.

Toi dont l'âme insoumise a soif d'immensité,
Agis ou rêve, lutte, aime ou détruis, habite
Ta cellule en soldat ou bien en cénobite,
Tourne, va du désir à la satiété.

Ris, pleure et souviens-toi dans chaque anniversaire!
As-tu senti deux fois le battement premier?
Tout ce qui meurt en toi reste éternel fumier!

Parle encore aux enfants du divin émissaire,
Sans plus même chercher pour le fer ou le feu
Une crèche nouvelle où dorme un nouveau Dieu!

CABBALE

« Que le corbeau croasse et le vampire ulule ! »
Dit le moine livide en rejetant son froc.
« Puisque avec toi j'ai fait l'abominable troc,
Satan ! cette nuit change en palais ma cellule.

« Je consens que mon âme un jour pende à ton croc.
Mais je veux, sans remords plus que la libellule,
Baiser ces fleurs de chair dont le monde pullule,
Comme un ivrogne boit son ivresse à plein broc ! »

Un lit royal se dresse au geste évocatoire ;
Et les reines d'amour qui parfument l'histoire
Reviennent du tombeau remourir dans ses bras.

— Mais en nous, quel démon, quel pacte vous réveille,
Dans les sonorités d'éternels alhambras,
Souvenirs, spectres vains des espoirs de la veille ?

LE MODÈLE

Une femme de grande allure,
Aux pas scandés comme un beau chant,
Le feutre haut, la chevelure
En lourds anneaux sur l'encolure,
Hier au soir allait marchant.

Droit devant nous, comme un emblème
Inspirateur et dédaigneux,
Dans la lumière ou l'ombre blême,
Elle passait, vivant problème
De mouvements harmonieux.

Moulée aux flancs, moulée au buste
Par le velours tendu sans plis,
Et souple aussi comme un robuste,
On la sentait pourtant robuste
Comme une strophe aux vers remplis.

Vierge, matrone ou courtisane,
D'autres ont pu voir en ses traits
Ceux de Laïs ou de Suzanne,
Ceux que le temps ride et basane
Ou qui jamais n'auront d'attraits.

Moi, derrière elle, à l'aventure,
A mon insu j'allais hier,
En écoutant l'ode future
Chanter en moi dans la structure
D'un rythme plein comme un corps fier.

LES NUAGES

COUCHÉ sur le dos, dans le vert gazon,
Je me baigne d'ombre et de quiétude.
Mes yeux ont enfin perdu l'habitude
Du spectacle humain qui clôt la prison
Du vieil horizon.

Là-bas, sur mon front passent les nuages.
Qu'ils sont beaux, mon âme ! et qu'ils sont légers,
Ces lointains amis des calmes bergers !
S'en vont-ils portant de divins messages,
Ces blancs messagers ?

Comme ils glissent vite ! — Et je pense aux femmes
Dont la vague image en nous flotte et fuit.
Le vent amoureux qui de près les suit
Disperse ou confond leurs fluides trames ;
On dirait des âmes !

Rassemblant l'essor des désirs épars,
Ivre du céleste et dernier voyage,
A quelque âme errante unie au passage,
Mon âme! là-haut, tu me fuis, tu pars
Comme un blanc nuage!

MENCIA

O Mencia, fille aux yeux noirs!
Droite et muette, les beaux soirs,
Sous la tonnelle,
Pourquoi jouer de la prunelle,
Si vous avez si peur des vœux
Et des aveux?

O Mencia, fille alléchante!
Si vous savez tout ce qui chante
En vos vingt ans,
Sous les clochettes du printemps
Pourquoi vouloir rester geôlière
D'une volière?

Ma jeune fée au cœur profond,
O Mencia, la fille brune!
Seule à la brune,
Si vous sentez quel mal nous font
Rien que trois mots qu'on veut vous dire,
Pourquoi sourire?

Pourquoi vous taire en la saison
Où le sang bat, bout et pétille,
Ardente fille,
Si vous brûlez comme un tison,
O Mencia! jetant votre âme
Comme une flamme?

Pourquoi montrer vos soifs d'enfers,
O Mencia, la fille étrange!
Aux miels offerts,
Si vous croyez qu'un ciel se venge
De ces baisers que tout exprès
Vous tenez prêts?

Pourquoi vous clore, fille avare,
O Mencia! si vous luisez
Comme un vrai phare?
Voulez-vous donc, les bras croisés,
Porter à Dieu l'éclat coupable
Qui vient du Diable?

LE RETOUR

Le seuil disait : « C'est lui, ton joyeux chien de garde !
Voyageur revenant chez toi d'un pas si lourd,
Qu'as-tu donc écouté si tu demeures sourd ? »
— La nuit disait : « Je suis pleine d'astres. Regarde !
Reconnais ta maison, voyageur oublieux
Qui vas les mains aux murs et dont le pied trébuche !
Rentre, sans redouter de piège ni d'embûche !
Qu'as-tu donc voulu voir qui t'a brûlé les yeux ? »
— Le vent disait : « Vers toi je souffle, et je t'apporte
Le salut parfumé des fleurs de ton jardin,
Vierge appel d'un amour éclos sous ton dédain.
Voyageur hésitant, debout contre ta porte,
Bien vite mets la clef, ce logis est le tien,
Plein du tressaillement des formes familières !
Rentre, et souris de loin aux tempêtes dernières !
Qu'as-tu donc respiré si tu ne sens plus rien ? »

— La serrure disait : « Si ta main tremble, appelle
L'épouse délaissée et fidèle toujours
Qui pleure à tes départs et chante à tes retours !
Sous l'idéal reflet de sa lampe immortelle,
Elle est seule là-haut qui t'aime et qui t'attend,
Celle dont le baiser guérit toute blessure !
Voyageur revenu de la patrie obscure,
Qui restes là dehors, inerte et repentant,
Rentre pour contempler en paix hommes et choses
Dans le serein mépris des désirs superflus !
Qu'as-tu donc dit en vain, si tu ne parles plus ? »
— Et la maison disait : « Des fenêtres mal closes
Tous les vieux souvenirs, tous les futurs espoirs
Dans l'ombre jusqu'à toi filtrent par mille issues.
Si tu ne peux monter aux murailles moussues,
Que m'importe ton corps promis aux festins noirs ?
C'est l'unique tribut de ta pensée, ô maître !
Que je veux, pour remplir mes cellules enfin
De trésors plus polis que ceux d'or le plus fin ;
Fais qu'elle m'enveloppe et qu'elle me pénètre,
Par les fentes du toit, par le seuil lézardé,
L'élaboration de l'absence ou des veilles !
O voyageur, parti le front plein de merveilles,
Qu'as-tu donc enrichi, si ton crâne est vidé ? »

LE BALCON

Je sais évoquer le passé lointain :
Qu'importe le temps, l'absence ou l'espace ?
Un regard, un geste, un soir, un matin,
Je sais évoquer le passé lointain.
Dans le souvenir, ce miroir sans tain,
Je revois souvent le rayon qui passe.
Je sais évoquer le passé lointain ;
Qu'importe le temps, l'absence ou l'espace ?

C'était au balcon, et la nuit passait ;
Nos âmes flottaient dans sa rêverie.
Dans vos noirs cheveux le vent frémissait.
C'était au printemps, et l'amour passait.
Vous rêviez à lui, peut-être, qui sait ?
Vos doigts effeuillaient une fleur flétrie ;
C'était au balcon, et la nuit passait ;
Que d'amours naissants morts en rêverie !

LE PASSAGE

Le regret chez les uns, le remords chez les autres,
Tant de songes figés, tant de nuit, tant d'éclats,
Tant d'appels, tant d'adieux, tant de chocs, tant de glas,
Tant d'espoirs, tant d'amours, tant de maux sont les nôtres

Malgré tout faut-il croire aux pieux chroniqueurs ?
Dans ces remparts flottants dont s'épaissit la croûte
Est-il vrai qu'un détroit nous fraie encor la route,
Si l'invisible but aimante bien nos cœurs ?

Ces tourbillons soudés, plus durs que des banquises,
Nous pouvons, disent-ils, en traverser le mur,
Et libres, aborder un Chanaan plus sûr
Dans le port pavoisé des vertus reconquises !

Tant de foi, tant d'orgueil, tant de force nous font
Peut-être aussi pareils aux fameux capitaines !
Pour gouverner tout droit vers des gloires certaines,
Tenons toujours nos yeux levés au ciel profond !

— Mais lui-même, ce soir, l'astre qui nous éclaire,
Comme un éperon d'or dans des glaces entré,
Semble un vaisseau qui cherche un passage ignoré,
Sans pilote et sans mâts, dans le chaos polaire !

L'AMOUR EN FRAUDE

J'ai vu passer, l'autre matin,
Un jeune Dieu dans la prairie;
Sous un costume de féerie
Il sautillait comme un lutin.

Tout perlé d'or et d'émeraude,
Sans arc, sans flèche et sans carquois,
En chantonnant des vers narquois,
Il s'en allait comme en maraude.

Il redonnait, à chaque bond,
L'onde aux ruisseaux, des fleurs aux rives,
Des alouettes et des grives
Au saule creux et moribond.

Le fol Archer buveur de larmes,
Pour une fois pris en défaut,
A travers champs riait tout haut
De n'être plus qu'un fou sans armes!

Et singeant l'air d'un franc routier,
Fier de trahir son roi morose,
Il arborait un drapeau rose
Pour délivrer le monde entier !

LE FANTÔME

On voit errer une vapeur
En tes beaux yeux de fille d'Ève,
Lointaine ou proche, comme un rêve,
Comme un reflet doux et trompeur.

Une vapeur en tes yeux nage,
A la surface ou tout au fond,
Comme une pâle et chère image
En qui mon cœur entier se fond.

Mon cœur, mon âme et ma cervelle,
Et tous mes sens vaporisés,
Sous mille éclats d'astres brisés,
Dans tes yeux plongent avec elle.

Et le front plein de diamants,
Mille soleils dans la poitrine,
Je reconnais qu'en plis charmants,
Comme une forme sous-marine,

Une vapeur fuit sous tes yeux,
Comme un fantôme de sirène,
Avec mon spectre qu'elle entraîne
Hors de la terre et hors des cieux !

LE RÊVEIL

Les modernes rumeurs à la fin se sont tues.
Dans un jardin peuplé d'innombrables statues,
La plus belle des nuits qui suivent les beaux jours
Fait mouvoir des lueurs sur ces fixes contours.
Près des rameaux émus d'un désir de caresses,
Tous, les Faunes, les Dieux, les Nymphes, les Déesses,
Troublés d'un torse nu qui tremble aux pièces d'eaux,
Croient sentir une chair frissonner sur leur dos.
Un tronc svelte, par place, achève un vieux portique;
Et les Olympiens revoient un temple attique,
Comme aux jours où chacun, autour d'autels fumants,
Rôdait, soûl de nectar, ivre d'embrassements,
Pour qu'un baiser rapide illustrant des victimes
Mêlât le sang divin au sang des corps sublimes.
Ces déserteurs du ciel dont la divinité
N'avait d'autre vertu que la pure beauté,
Ressuscités par l'Art en des formes divines,
Sentent le sang divin dilater leurs narines.

Un parfum d'ambroisie et de myrrhe est épars.
Le vent comme un soupir s'éteint. — De toutes parts
Quelque chose d'errant monte, flotte, étincelle,
Emplit tout d'un espoir de vie universelle,
Principe créateur des esprits et des corps,
Éternel artisan d'unions et d'accords,
Souffle qui vivifie, assimile et transporte
L'âme d'un Dieu perdu, l'odeur d'une fleur morte!
La Nuit, mère fertile et du monde et des Dieux,
La sainte Nuit qui clôt doucement tous les yeux,
Cache aux mornes témoins de la Nature entière
Le mystère du rêve animant la matière;
Et propageant l'amour au fond des longs sommeils,
La plus belle des nuits fait les plus beaux réveils!
Et le poète seul qui passe dans un songe
Voit le parc, au travers de la grille qu'il longe,
Tressaillir, plein d'échos oubliés dans les airs,
Plein de fantômes blancs et de socles déserts.

A L'OMBRE DES BOIS

A l'ombre des bois, dans la solitude,
Sur le bord du fleuve à regret quitté,
Le sommeil t'a prise en ta nudité;
A l'ombre des bois, dans la quiétude
De l'air embaumé d'un parfum païen,
Un souffle a mêlé son soupir au tien,
Le souffle immortel qu'à jamais la brise,
Dans la solitude, à l'ombre des bois,
Réveille encor plein d'amoureuses voix.
En ta nudité le sommeil t'a prise,
O toi qui, songeant aux beaux sylvains morts,
Leur rappellerais la nymphe au beau corps!
A l'ombre des bois, sur le bord du fleuve,
Dans la solitude aux échos berceurs,
Dors comme autrefois ont dormi tes sœurs!
Les Dieux beaux sont morts; la Nature est veuve;
Que tes yeux sur nous ne se rouvrent pas!
Dans le plus beau rêve éclos ici-bas

Tu vis, toi qui dors dans la sainte armure
De la forme antique, ivre de fierté,
Au fond des vapeurs d'un jour chaud d'été,
A l'ombre des bois au divin murmure!

MORITURI

Le cœur du poète est l'arène
Où, pareils aux gladiateurs,
Contre le temps qui les entraîne
Combattront des amours menteurs.

Devant César, au cirque antique,
Chaque guerrier, chaque martyr
D'un bref hommage ou d'un cantique
Le saluait, sans repentir.

Mais qu'il pleure ou bien qu'il sourie,
Quand il croit un amour vaincu,
Le poète l'entend qui crie :
« Salut, maître ! J'ai survécu ! »

DEA

Es-tu princesse au bord d'un Gange
Que nul vaisseau n'a remonté ?
Es-tu sylphide, elfe ou quelque ange
Trop orgueilleux de sa beauté ?

N'es-tu pas fée ? O jeune fille !
N'entres-tu pas, quand tu le veux,
Par trous plus fins que trous d'aiguille,
Dans les cœurs clos gonflés d'aveux ?

Les vœux secrets, tu les devines ;
Le mal naissant, tu le nourris ;
Et tu te fais des perles fines
De tous les pleurs par toi surpris.

L'encens vers toi monte sans cesse ;
C'est en priant qu'on dit ton nom ;
Te crois-tu pas aussi déesse,
O jeune fille ? Et pourquoi non ?

Mais quand Vénus daignait prétendre
Nous éblouir sur terre un peu,
C'est en prenant un cœur plus tendre
Qu'elle changeait un homme en Dieu !

LE SEMEUR

A Paul Verlaine.

Un large ruban d'or illumine la cime
Des coteaux dont la brume a noyé le versant.
L'horizon se déchire; et le soleil descend
Sous les nuages roux qui flottent dans l'abîme,
Comme un riche archipel dans une mer de sang.

De confuses rumeurs s'éveillent par la plaine;
Et dans son champ, debout au rebord des sillons,
Travailleur obstiné sous les derniers rayons,
Un semeur devant lui lance au loin sa main pleine
Et chasse les oiseaux en criards tourbillons.

Et l'occident s'écroule où l'astre antique éclate.
Et le semeur frappé d'un long et rouge adieu,
Par grands gestes, au loin, comme en sinistre jeu,
Semble jeter au vent la poussière écarlate
De son cœur calciné dans sa poitrine en feu.

— Ton âme se déchire; et voilà ta pensée
Qui sombre sous l'amas de tes rêves sanglants.
Ceint aussi d'un reflet de pourpre sur tes flancs,
Aux dernières lueurs de ta gloire passée,
Homme! à travers tes jours, tu marches à pas lents.

Tu nourriras bientôt l'herbe des sépultures!
Aux becs des vieux espoirs donne un dernier repas!
Féconde encor le champ des douleurs; ne crains pas
L'affreux croassement dans les gerbes futures
Dont tu pressens déjà les échos sous tes pas!

Fouille en ton sein la cendre encor chaude et vivace!
Aux vents froids de la vie ouvre ta large main;
Et sous la calme nuit qui couvre ton chemin,
Vengé, vers le tombeau tu peux tourner la face,
N'ayant plus rien au cœur pour l'y semer demain!

SOIR D'ÉTÉ

LA fenêtre sur la nuit s'ouvre,
Au fond du sombre corridor;
Une brume d'argent recouvre
Le parc touffu, plus vaste encor.

Le vieux marronnier sous la brise
Incline son panache blanc
Sur l'eau du bassin qui s'irise
D'un rayon de lune tremblant.

Seul dans l'ombre, je sens renaître
Les premiers désirs à la fois.
Le passé frissonne en mon être;
O jeunesse! ô parfums des bois!

Oh! qui fera dans ce silence
Éclater les bruyants accords
D'un concert lointain d'où s'élance
La voix stridente des grands cors?

Là-bas, quels archets minuscules
A Titania, pour son bal,
Dans les lis et les renoncules
Chanteront un fou carnaval?

Ce soir, quel orchestre invisible,
A minuit, sur les nénufars,
Jouera la valse irrésistible
Pour les willis aux fronts blafards?

Quel aigipan, brisant l'écorce
Du chêne aujourd'hui son gardien,
Fera luire et danser son torse
Au clair de lune arcadien?

Mais Pan est mort, le Dieu d'Hellade
Couronné d'herbe et de roseaux!
Et ce n'est que dans la ballade
Que les willis sortent des eaux!

Le cor ne vibre ni n'expire;
Et les lutins, tournant en rond,
Seulement dans le beau Shakspeare
Dansent aux noces d'Obéron.

Et le démon à mon oreille
Siffle avec un rire moqueur
L'air qui, par une nuit pareille,
Pour toujours a fondu mon cœur.

Et toute la nuit, dans l'allée,
J'ai vu, comme des linceuls creux,
Tous mes espoirs, troupe affolée,
Se poursuivre ou se fuir entre eux.

SOUS L'ARBRE

DANS le jardin fermé dès l'innocent outrage,
L'arbre ancestral étend ses bras insidieux,
Et le poète au cœur profond, peuplé de Dieux,
En esprit rôde autour du ténébreux ombrage.

L'archange intérieur qui tout bas l'encourage,
Le démon qui parfois transparaît dans ses yeux,
Au secret des rameaux dormant pareils entre eux,
Ont dans son œuvre ensemble admiré leur ouvrage.

Et dans le vaste éden de l'Art, autre univers
Accru de siècle en siècle, aux seuils toujours ouverts,
Un labyrinthe appelle, épouvante et fascine.

Tout, couleur, hymne, encens, cri, frisson, le flambeau
Liturgique ou maudit, l'autel ou l'officine,
Autour d'un nom magique éclate en fleurs du Beau.

PARFUM DOUBLE

Cette fleur autrefois donnée
A gardé l'odeur d'un beau sein ;
Il s'en échappe tout l'essaim
Des souvenirs d'une autre année
Où la blancheur au pur dessin
Charma quelque âme fortunée.
Le temps fut-il prompt assassin ?
Tu le sais, toi, rose fanée,
Qu'on avait, une matinée,
Cueillie et cachée à dessein.
Heureuse fut la matinée
Qui t'embaumait, ô fleur fanée !
A qui le temps, doux assassin,
Fit une mort si fortunée.
Il n'a tué que ton dessin,
Non les rêves de cette année

Dont sur toi flotte tout l'essaim !
Et j'y sens autour d'un beau sein
L'odeur d'amour par toi donnée,
O fleur que je garde à dessein !

RÉVEILS

Un bruit d'instruments éloignés qui passe
Comme un vol joyeux dans un soir d'été;
Un air d'autrefois, qu'on chante à voix basse,
Et qui sème au loin dans l'immensité
Les échos unis du cuivre et des cordes,
Messagers semant l'oubli de discordes !

Un soleil tardif qui glisse, éclairant
Un château construit de pierre et de brique
Et qu'encadre un ciel d'azur transparent !
A travers les fûts d'un parc historique,
Un air où revit un long souvenir
Comme un long espoir qu'on ne peut bannir !

Sur tous les buissons, des fleurs de lumières,
Comme les bijoux des riches coffrets
Où l'on enferma ses amours premières;
Un flot délivré de parfums secrets
Qui vante en montant la gloire des chaînes,
Sur l'air triomphal des amours lointaines!

Un soir embaumé de réveils mêlés,
De réveils chanteurs aux brillantes ailes,
Vers l'étoile unique, ô mon âme, allez!
Faite aussi de sons, d'odeurs, d'étincelles,
Un soir, avec l'air qu'à vingt ans j'aimais,
Vers l'étoile immense allez à jamais!

LES VICTIMES

O femmes! ce portrait qui de loin vous captive,
De près darde sur vous sa foi toujours active;
Et savourant la gloire et l'effroi d'un tel nom,
Rêvant de sérénade et d'échelle au balcon,
Vierges folles du piège, oublieuses épouses,
Comme un vol éperdu de colombes jalouses,
Toutes vous gémirez, femmes! à votre tour,
Pâles, jusqu'à la mort, d'un impossible amour!
Toutes, vous laisserez dans ce fatal musée
L'inutile parfum de votre âme brisée;
L'épouse emportera le tourment du devoir,
Et la vierge un soupir éternel, pour avoir
Contemplé ce visage aux yeux baignés d'un philtre
Qui dans tout cœur de femme, en le brûlant, s'infiltre!
Toutes, vous aimerez l'image de celui
Qui sait, comme autrefois, sur la toile aujourd'hui
Sourire, fier et doux, impitoyable et triste,

Pour conquérir vos cœurs et pour grossir sa liste !
Il vous parle, il vous aime, il vous trahit aussi,
Car l'Art immortalise un pouvoir sans merci !
Et comme au seul éclat d'un grand nom, dit l'histoire,
Le cadavre du Cid remportait la victoire,
S'il s'est fait peindre, un jour, le hardi cavalier
Que le dur Commandeur n'a pas fait sourciller,
O femmes ! c'est afin que, vous parlant d'abîmes,
Le portrait de don Juan fît encor des victimes !

CHANSON

D'UN JOUR DE PRINTEMPS

DANS le vert sentier qui sort du village,
Par un beau matin d'un Avril fleuri,
Les oiseaux chantaient le long du feuillage.
J'ai rencontré Rose et Rose a souri.

Dans le gai chemin qui monte à l'église,
Par un beau soleil du ciel élargi,
La cloche tintait sur la flèche grise.
J'ai rencontré Jane et Jane a rougi.

« Signes différents, le sens est le même ;
Sourire et rougeur sont signes d'amour !
Chacune à son tour fait voir qu'elle m'aime ;
Je peux bien aimer chacune à son tour ! »

Le cœur en Avril doublement s'enflamme.
Jusqu'au soir j'errai dans le bois, rêvant
Rose pour amie et Jane pour femme.
Des bruits de baisers sonnaient dans le vent.

Au bras d'un amant j'ai vu passer Rose,
Et puis Jane au bras d'un futur mari.
Les signes d'amour? Avril en dispose!
Rose avait rougi, Jane avait souri.

LA RIVIÈRE

La rivière, limpide aujourd'hui comme l'air,
A travers la prairie heureuse de l'enclore
Coule insensiblement, sans une ride encore,
Sur le reflet plus doux à nos yeux et plus clair
Du beau printemps multicolore.

C'est un jour entre tous calme et béni ; faisons
Comme elle serpenter en paix nos rêveries !
Les sèves d'autrefois qui paraissaient taries
Remontent, ouvrageant en nous des fleuraisons
Plus fines que des pierreries.

Pour purifier l'âme et peupler le cerveau
De désirs attendris, d'images apaisées,
Rien ne vaudra l'éclat sous les rives boisées
De ce cristal qui met sur un décor nouveau
Comme une glace de rosées.

Une magie unique est dans l'eau qui polit
Et jalousement garde à l'abri d'une atteinte
Ces couleurs où la vie en repos nous est peinte.
Tout s'harmonise mieux aux fraîcheurs de son lit
        Sous le mystère de sa teinte.

Sourd aux bruissements du tremble et du tilleul,
Dédaigneux de la terre et de l'heure assassine,
Comme un halluciné qu'un miracle fascine,
N'admirons chaque objet qu'en son mirage seul
        Qui nous semble être sa racine.

Au fond du cœur aussi las des réalités,
Un souvenir plus fixe et plus transparent glisse;
Nos beaux jours sont plus beaux dans ce miroir plus lisse;
Ne cherchons qu'au milieu de ces pures clartés
        La foi neuve qui nous remplisse!

SOUS BOIS

Le ciel est aujourd'hui couleur de ses grands yeux !
Comme après les hivers le bois feuillu qui chante,
Mon âme a reverdi sous des appels joyeux,
Et palpite au retour d'un passé qui l'enchante
Par des concerts harmonieux.

La source est aujourd'hui couleur de sa prunelle !
Comme l'oiseau furtif qui se mire et qu'on voit
Lustrant d'un bec rosé les plumes de son aile,
Le souvenir revient boire en mon cœur et boit
Les lacs purs qui vivaient en elle.

Le jour est aujourd'hui couleur de son regard !
Comme l'air attiédi sous la paix des ombrages
Étincelle à la cime où flottait le brouillard,
Un calme embrasement m'éblouit des mirages
D'un nom qui luit de toute part.

Fontaine, espace, azur, beaux yeux ! tout vous ressemble !
L'oiseau des jours charmants vole, boit, chante en vous ;
Il se pose en mon cœur, calice plein qui tremble,
L'oiseau couleur du temps où vous m'étiez plus doux
Que ciel, que source et jour ensemble.

DANS L'ALLÉE

D'UN petit air sentimental
S'en vient Myrrha qui s'évertue,
Tout en rasant le piédestal,
A ne point voir cette statue.

D'un tout petit rire moqueur
Sourit le dieu, qui la regarde
Croiser les mains contre son cœur
Pour en doubler la sauvegarde.

— Tu vas, pressant ton cœur, Myrrha,
Comme un saint Graal, sous la statue;
Tu crois qu'ainsi ton cœur pourra
Mieux éviter flèche pointue?

Mais le miracle est seulement,
Mon chérubin, je te l'assure,
Dans le secret enchantement
Qu'éveillera fine blessure.

Comme un sachet de pur santal
Presse ton cœur, ma jeune impie;
Son arc tendu, l'Archer t'épie
D'un petit air sacerdotal.

SUR LE SEUIL

OUI, c'est un jeu de femme où son ennui s'amuse!
Ivre un jour du reflux des bonheurs expiés,
Ainsi qu'un bouclier trop pesant, sous sa ruse
Tu laissas ton orgueil rouler jusqu'à ses pieds.

Alors, sûre de toi comme à la première heure,
Au nom du souvenir elle a su t'accuser;
Et reniant bien haut l'appel qui fut ton leurre,
Elle a trouvé le mot qui devait t'écraser.

Eh bien! ta délivrance est à présent prochaine!
Il est d'horribles coups frappés si faussement,
Que ce n'est plus le cœur, cette fois, mais la chaine
Qui se brise et qui tombe avec l'affreux tourment.

Cette femme te jette un linceul de tortures
Tissé des longs espoirs qu'en secret nous gardons;
Fait de tes désespoirs désormais sans pâtures,
Jette-lui sur l'épaule un manteau de pardons!

Que ton rêve agonise en un cri de victoire !
Toi, pour sourire encore à l'aspect du ciel bleu,
Ramasse ton orgueil et, libre, fais-toi gloire
D'être sorti debout des cavernes d'un Dieu !

LES DESTINS

A Charles Cros.

DANS la cour d'un couvent passaient deux jeunes filles,
En rêve franchissant les hauts murs du parloir
Qui leur devait bientôt ouvrir enfin ses grilles.
Un éclair du destin brûla le vent du soir;
Et dans l'ombre, à l'écart, parlaient deux jeunes filles.

I

Il en sera de moi comme d'un grand caveau
Où gisent à jamais d'immobiles poussières,
Cependant qu'au-dessus, chaque printemps nouveau,
Un jardin gazouillant verdit, plein de lumières.
Je fermerai souvent mon cœur, comme un caveau.

II

Il en sera de moi comme d'un coffret rare
Que le premier parfum seul aura pénétré
Dans un riche pays dont la mer le sépare.
Bien heureux qui sera celui que j'aimerai!
J'aurai trempé mon cœur dans une essence rare.

I

Je veux être un tombeau qui marche, chante et rit,
Mais qui lui-même invite et lui-même assassine,
Et sous d'illustres fronts, pour en pomper l'esprit,
La fleur de mon sourire aura longue racine!
Je serai le néant sous l'oasis qui rit!

II

Que la divine odeur secrètement s'exhale
De mon cœur et l'entr'ouvre au son des mots sacrés,
Et vienne alors le temps, la trahison fatale,
Ou bien l'épaisse nuit sur les yeux adorés!
Je veux qu'avec mon souffle un seul amour s'exhale!

I

Que la terre au hasard engloutisse les os,
Mais dans mon cœur je veux que les cœurs morts habitent !
Quel trou sera jamais plus sombre et sans échos,
Plus couvert en tout temps de couleurs qui palpitent ?
Que m'importe la fosse où blanchiront les os ?

II

Où que dorme à jamais sa forme solitaire,
C'est dans mon cœur à moi que le sien rebattra !
Quels apôtres ont eu plus fervent sanctuaire ?
Et sous le plus puissant des baumes renaîtra
L'amant purifié dans mon cœur solitaire !

Elles sont aujourd'hui deux vieilles aux yeux froids,
L'une sans repentir, l'autre avec sa croyance,
Et qui se coucheront dans leurs cercueils étroits,
Fières toutes les deux d'avoir sans défaillance
Gardé pur leur destin scellé dans leurs yeux froids.

LES CAPTIVES

A Ernest d'Hervilly.

Oh ! le savoir stérile ! Oh ! vivre après tant d'autres,
Tant d'amants, de héros, de citoyens, d'apôtres !
Et dans un cœur lassé des transports violents,
Comme des jougs de plomb, sur tous les grands élans
Porter ce long passé dont le poids nous oppresse,
Ce siècle, et la stupeur de vivre sans ivresse !
Chacun de nous ressemble à ces frileux jardins
Qui montrent sans danger aux pâles citadins
Les fils des chauds soleils et des gorges sauvages
Usant leur instinct libre aux barreaux de leurs cages
Avec des cris anciens par la chaîne étranglés !
O passions ! La peur tourne de brusques clés
Sur vos soifs d'autrefois, vos réveils faméliques,
Sur vos sourds grondements dans les antres tragiques !
Nous sommes comme un parc tout rempli d'écriteaux,
Et nous tremblons encor sous nos épais manteaux

Quand vous vous agitez, ô passions! pareilles
A ces monstres captifs qui dressent les oreilles,
Et hument dans le soir la fièvre des galops
Aux senteurs des pampas qui traversent l'enclos!

SUR LE VIEUX BANC

REGARDE ! Il n'est qu'un astre aux cieux,
Et qu'un chemin devant la porte.
Écoute ! Il n'est qu'un chant qui sorte
De ce verger silencieux.

Il n'est qu'un souffle sur la lande,
Qu'un feu de pâtre à l'horizon,
Et tout autour de la maison
Qu'un seul parfum qui se répande.

Dans le bleu clair de cette nuit
Il n'est qu'une cloche qui tinte,
Qu'une hirondelle, hors d'atteinte,
Qu'une voile sur l'eau sans bruit.

Tourne les yeux, prête l'oreille
Tout auprès de nous à présent.
Dans l'herbe il n'est qu'un ver luisant,
Qu'un nid qui reste sur la treille.

Rentre en toi-même ! A notre mort,
Il n'est qu'un amour qui rayonne,
Qui caresse, embaume et résonne,
Qui nous guide quand tout s'endort.

GLORIA IN EXCELSIS

A Frédéric Plessis.

Je me suis endormi, disant au bois : « Croisez,
Beaux arbres, sur mon front vos palmes bienfaisantes !
Rafraîchisseurs divins des regrets embrasés,
Versez en moi l'oubli des détresses présentes
Et la paix que vous seuls versez ! »

Et le bois, frissonnant des bourgeons jusqu'aux cimes,
Mêlant les voix de l'arbre aux voix de l'arbrisseau,
A fait chanter en moi les musiques sublimes
Dont le premier amour, notre second berceau,
A jamais berce ses victimes.

Je me suis réveillé, disant : « Forêt, tais-toi !
Tant de jours ont passé sur la blessure ancienne !
Laisse périr la vierge ensevelie en moi !
Laisse mon âme, libre à la fin de la sienne,
S'anéantir muette en soi ! »

Mais comme un orgue immense enflant ses voix puissantes
Le bois entier, prophète enivré sous l'azur,
M'a chanté l'hosanna des amours renaissantes,
Et la gloire du rêve immortellement pur
Dans les étoiles innocentes.

LES ÉTOILES

A L.-X. de Ricard.

BIEN des astres pareils aux foyers palpitants,
Peut-être les plus beaux que chaque soir allume,
Dardent un jeune éclat jusque dans notre brume,
Qui sont des soleils morts, perdus depuis longtemps.

Ceints des tourbillons nés de leurs flammes fécondes,
Ils ont si loin de nous accompli leurs destins,
Que la lumière encor de ces globes éteints
N'a pas toute franchi l'espace plein de mondes.

Et dans l'illusion de leur scintillement,
Nous, parmi tous les feux dont la nuit se constelle,
Nous laissons le plus pur de notre âme immortelle
Monter d'en bas vers eux peut-être, éperdument.

Ou sereine, ou pensive, ou flamboyante, ou chaste,
O lumière des yeux qui nous charment ! Rayons
Qui brûlez tout l'encens que pour vous nous gardions !
Les cœurs sont-ils si loin, l'amour est-il si vaste,

Que la clarté vers qui notre suprême espoir
A travers l'infini de nos désirs s'élance,
Peut-être aussi nous vient du glacial silence
D'un cœur depuis longtemps sombré dans un ciel noir ?

LE TÉMOIN

A Henri Roujon.

QUAND cette femme auprès de cet homme a passé,
Tout à coup, dans la rue allant en sens contraire,
J'ai pâli brusquement, comme un dépositaire
Qui pense au lourd secret à sa garde laissé :

Un héroïque amour, deux êtres magnanimes
Pour la vie et la mort l'un à l'autre jurés ;
Un tragique départ, deux cris désespérés,
Puis le temps, ravisseur des passions sublimes.

Quand cet homme a croisé cette femme, j'ai cru
Qu'au choc de leurs regards s'ouvriraient des murailles,
Et qu'alors je verrais palpiter les entrailles
D'un trésor dérobé qui s'est toujours accru.

Mais lui, sans qu'un seul muscle ait frémi sur sa face,
Elle, sans qu'en ses yeux un seul éclair ait lui,
Ils se sont regardés et perdus, elle et lui,
Dans la foule où chacun en surgissant s'efface.

Du même pas ils ont poursuivi leurs chemins,
Comme deux étrangers que l'infini sépare.
Et moi, j'ai chancelé d'horreur, comme un avare
Qui n'entendrait plus l'or sonner entre ses mains.

SUR LES CÔTES

Vous aimez, dites-vous, la mer, la grande image
D'une âme jamais lasse en ses luttes sans fin ;
Sur la rude falaise ou sur le sable fin
Regardez-la frapper de rivage en rivage !

Sous les souffles puissants du large, regardez
S'enfler la mer immense ainsi qu'une âme fière,
Et s'avancer vers vous la houle coutumière
Qui submerge les rocs dont les ports sont bordés !

Vous aimez, dites-vous, la mer, le flux des lames
Déferlant sur la plage ou battant les caps durs,
Tel que vers un cœur vide ou hérissé de murs
Le flux d'une âme lourde où s'engouffrent des âmes !

Regardez ! chaque flot se cabre en arrivant,
Se brise, argente au loin la grève aux vastes pentes,
Et jusques à vos pieds meurt en nappes rampantes
Dans les âcres embruns dispersés par le vent.

Tel chaque effort perdu d'une âme soulevée
En caresse lointaine expire vainement,
Et son parfum amer près d'un cœur inclément
Se dissémine encor dans l'air de l'arrivée.

Vous aimez, dites-vous, la mer; écoutez-la
Mugir ou soupirer, sauvage ou rendormie,
Comme une âme jalouse ou comme une âme amie
Palpitant du secret qui jadis la gonfla.

Hurlement ou sanglot, clameur, plainte ou murmure,
Écoutez-la pousser comme un appel toujours;
Telle une âme trop pleine aux chocs stridents ou sourds
Contre un cœur insensible ou bardé d'une armure.

Regardez au soleil onduler les flots verts!
Dans la nuit écoutez la mer, la sœur sublime
D'une âme qui se heurte aux confins d'un abîme!
Entendez-la gronder ou chanter dans ces vers!

Que la strophe vers vous parte comme la houle,
S'élève, en charriant les miroirs du passé,
Et sur tous les récifs de votre oubli dressé,
Comme un embrassement infini se déroule!

Que chacun de ces vers s'en aille tour à tour,
Comme le flot d'une âme ou de la mer montante,
Briser sa rime sourde ou sa rime éclatante
Contre un cœur sans mémoire ou fermé pour l'amour!

Vous aimez, dites-vous, la mer, et les spectacles
De son angoisse auguste ivre d'autres échos;
N'y revoyez-vous pas les tumultes égaux
D'une âme débordant sur de pareils obstacles?

Mais non! Qu'importe au cœur, qui s'est un jour durci,
Le fracas de la mer sur les remparts des côtes?
Qu'importe le retour des lames les plus hautes
Au cœur indifférent comme le sable aussi?

A PUVIS DE CHAVANNES

Oui, le refuge unique est dans le bois sacré.
Heureux qui, dans sa paix mystérieuse entré,
Hors du vain tourbillon, loin des laideurs voraces,
S'enfonce, et se remplit d'extase, et sur les traces
De quelque pas divin qui l'entraîne en secret,
Pour laisser un sillon immortel disparaît.
Mais plus heureux, Puvis, l'élu dont le génie
N'est fait que de douceur et de clarté bénie.
Tel le tien; ton pinceau déroule aux yeux calmés
L'élyséen reflet de séjours embaumés
Et de noble existence en de purs paysages;
Et quand tu redescends dans l'horreur de nos âges,
Nous nous montrons sur l'or du soir où tu grandis
Celui qui, couronné, revient des paradis.

A UNE AMIE

Je pense à vous, charmante femme,
A vous qui, triste, allez gaîment,
Sans espoir, ayant fait serment
D'être l'éclat que rien n'entame.

Je pense à vous, aux sourds combats
D'un cœur loyal contre le monde!
Ah! les fiertés, qui donc les sonde?
Qui voit leurs larmes ici-bas?

Pâle songeuse aux lèvres roses,
Sans refléter nos passions,
Vous jetez sur les fronts moroses,
Flamme invisible, vos rayons.

Je pense à vous, charmante amie,
Rare joyau, qui renfermez
Mille brasiers, tous consumés
Loin des souffles de l'infamie!

Vous qui brûlez secrètement
Sous une gloire d'étincelles,
Allez, ô sage entre les belles,
Lave durcie en diamant !

ENCORE

UNE femme a passé dans ta vie! Un sourire,
Un regard lumineux a suffi, n'est-ce pas?
Que de destins pendus à ces frêles appâts!
C'est assez pour l'ivresse, et cela peut suffire
Aussi pour le martyre!

Quelques mots bien connus qu'on échange à l'écart
T'ont fait comme à l'amour croire à la perfidie!
Et la fin d'une idylle est une tragédie!
Et tu crois au néant pour avoir eu ta part
D'un bonheur quelque part!

Les aveux, les serments, les baisers, tout s'envole!
Pourquoi dans un regret vouloir les retenir?
Dans un nouvel amour cherche leur souvenir!
C'est leur espoir qui fait l'éternelle auréole
De l'éphémère idole!

Tes rêves reboiront le philtre empoisonneur
Au sourire, aux regards, aux mots toujours les mêmes.
C'est assez pour changer en chansons les blasphèmes !
Et pour avoir pressé le néant sur ton cœur,
Tu croiras au bonheur !

LE POSSÉDÉ

L'ANGOISSE d'un remords, tu ne la connais pas,
Un regret tendrement ne t'a jamais mordue,
Et tu m'es pour toujours taciturne et perdue
Sans qu'un seul souvenir ait chanté sur tes pas.

Je sais que le soleil s'éteindra dans l'espace
Avant que se rallume un éclair sous ton front,
Et je sais que les morts à la fois renaîtront
Avant que ton oubli pour un instant s'efface.

Mais je sais que ta bouche aux clartés de tes yeux
M'a dit ces mots qui sont l'éternelle magie,
Et que sur tous mes sens règne encor l'effigie,
L'odeur ou la vertu de ton corps langoureux.

Ni le vin, ni l'amour, ni la mort usurpée,
Rien ne saurait dissoudre un jour, ni l'apaiser,
Le poison qui me fut le miel de ton baiser,
Et mon âme en sera pour les astres trempée.

Mais ce breuvage en moi distillera du moins
A jamais la douceur d'un philtre de jouvence,
Et d'ici je t'emporte et te souris d'avance
Dans ces brillants enfers que tu pris pour témoins !

LES COMPAGNONS

A Stéphane Mallarmé.

Quelques arbres encor dans le parc où j'errais
Faisaient des oasis pleines d'abris secrets
Aux nids encor gardés, aux sources encor vives
Où les biches broutaient les feuilles sur les rives.
Mais plus d'un tronc rameux que l'été surchargea,
Par un précoce hiver étreint partout déjà,
Maigre et noir, découpait au ciel ses cimes nues.
Je marchais au hasard le long des avenues,
Ou suivant les chemins cachés dans les massifs.
J'allais, sous les tilleuls, sous les pins, sous les ifs,
En écoutant au loin l'appel des tourterelles,
Ou les craquements brefs dans les ramures frêles.
Au détour d'un sentier, aux bords frais d'un ruisseau
Où tremblaient des cailloux polis, sous un berceau
Mêlant la clématite avec la vigne folle,
Un être de vapeur couché dans l'herbe molle,

Tout jeune, ressemblait à l'enfant que je fus.
« Puisque je t'ai troublé dans tes songes confus,
Lève-toi, viens ! lui dis-je, et suis-moi ! » Sans rien dire
Il se leva, vers moi vint avec un sourire,
Et marchant à ma gauche il me suivit. Sur nous
Les branches bruissaient dans un frisson plus doux.
« O toi, que tel encor je retrouve, j'écoute ;
Parle, enfant, je t'en prie, et chante sur ma route !
Tout ce qui m'a quitté, tes extases, ta foi,
Tes désirs, dis-les tous ! Ton âme, rends-la-moi !
Ombre de ma jeunesse, où donc est ta demeure
A présent ? Oh ! dis-le ! Parle avant que je meure ! »
Or, il restait muet. Mais, ô jours oubliés !
Il vous ressuscitait, et vous vous dérouliez
Un par un, me charmant de vos chansons légères,
Et le ciel enfantin de vos mille chimères
Filtrait comme un sourire en mon cœur adouci.
Et longtemps, tous les deux, nous marchâmes ainsi.
Au pied d'un cèdre mort et couvert de broussailles,
— Vision qui toujours vient glacer mes entrailles, —
J'aperçus un vieil homme, assis, voûtant le dos
Comme s'il eût ployé sous de nombreux fardeaux.
En ce fantôme fait de brumes condensées
Ai-je alors pressenti mes futures pensées ?
Et dans son regard vide ai-je d'un coup d'œil prompt
Deviné le regard que les ans me feront ?
Peut-être ! Et, sans vouloir comprendre davantage,
Je m'enfuis ; mais en vain. Cette nouvelle image,
Bientôt je la revis à ma droite marchant,

Sinistre, à chaque pas près de moi trébuchant,
Avec ses yeux pareils à des flaques d'eaux mortes.
« Eh bien! De quelque abîme inconnu que tu sortes,
Lui dis-je, es-tu muet comme l'autre, vieillard?
Parle-moi dans le soir, parle dans le brouillard!
Puisque tu viens à moi comme un hideux prophète,
Ombre de ma vieillesse, où repose ta tête?
Qu'as-tu donc à m'apprendre, et vers quel seuil vas-tu?
Ton trésor, quel est-il? Sagesse, oubli, vertu,
Gloire ou prière? dis! Que t'a servi de vivre? »
Il se taisait aussi, s'acharnant à me suivre
Comme l'autre, et sur moi s'accumulaient les ans,
Et mon cœur et mes pas se faisaient plus pesants.
J'allais. Autour de nous, par le vent détachées,
Pendaient en lourds faisceaux les lianes séchées,
Et mille souvenirs ignorés, lourdement,
Se balançaient de même en mon cerveau fumant;
Et longtemps, très longtemps, tous les trois nous passâmes,
Triple forme d'un être unique avec trois âmes!
Mais ces deux compagnons, chacun de son côté,
Me dérobaient mon âme et ma réalité;
Si bien que vers la nuit, perdu dans les allées,
L'esprit plein de candeurs à des adieux mêlées,
Parfois ivre du chant d'un rossignol, parfois
Tout entier tressaillant aux bruits secs du vieux bois,
J'avançais comme un spectre inerte, une ombre vaine,
Que retient un enfant et qu'un vieillard entraîne!

LES DEUX ÎLES

J'ÉTAIS un naufragé qui malgré lui surnage.
Sur une mer de nacre errant comme deux sœurs,
Deux îles m'ont offert leurs abris caresseurs;
En deux yeux verdoyants j'ai vu ma double image.

Loin des vieux continents par l'angoisse habités
J'ai vécu tout un soir dans deux mouvantes îles;
Tout près des ports fleuris de deux chastes asiles
En deux miroirs j'ai bu comme en deux clairs léthés.

Tout un soir j'ai joui dans deux îles désertes
Du calme enchantement des pays ignorés;
J'ai connu la fraîcheur des repos savourés
Dans deux vierges édens aux mêmes découvertes.

Tranquille ordonnateur d'un loisir inventif,
J'étais le Robinson de deux îles limpides;
Et j'ai longtemps peuplé de mes œuvres candides
Deux prisons dont j'étais le bienheureux captif.

Les yeux tournés un soir vers deux jeunes prunelles,
Je me suis rajeuni dans leurs berceaux lointains,
Vivant dans deux reflets aux fraternels destins,
Comme le double roi de deux îles jumelles.

LES GOUFFRES

Je cherche une épouvante à l'amour comparable,
Un abîme profond et vaste comme lui,
Mobile hier, demain, toujours, comme aujourd'hui,
Plein de monstres rôdant en troupe inexorable.

La mer? Non; le marin tombé dont le vaisseau
Dans des gloires au loin fuit, les vergues chargées,
Meurt bientôt, suffoquant après quelques gorgées,
Ou coupé d'un seul coup de mâchoire à fleur d'eau.

Du funèbre élément au fond des mornes couches
Il n'aura rien connu, ni l'horreur, ni le poids,
Ni les crakens affreux cinglant ses membres froids,
Ni les hideuses fleurs s'ouvrant, vivantes bouches.

Je cherche un infini comparable à l'amour,
Qui nous roule éperdus dans d'effrayants mystères
Où nous nous débattrons, victimes volontaires,
Sans remonter jamais vers la clarté du jour.

La nuit? Non; sous la nuit le ciel est plein de phares;
La plus longue à coup sûr a son aurore enfin;
Et l'affamé qui dort peut oublier la faim;
Et le vaincu blessé peut rêver de fanfares!

Pour l'assassin aussi peut venir le sommeil;
L'aube au moins chassera le spectre qui le hante;
Sa blancheur rassérène une âme haletante;
Et le remords lui-même est joyeux au soleil!

Je cherche pour l'amour une sinistre image,
Comme un gouffre sans fond ouvert traîtreusement,
Où tout s'engloutira dans un effondrement,
Dans l'irrémédiable et lourd et noir naufrage!

La mort? Non; son secret, nul n'en peut rien savoir:
Peut-être la splendeur des étoiles ouvertes,
Ou le néant épars dans les formes inertes;
Mais malgré tout, pour tous c'est le sublime espoir!

Sous le coup du hasard ou frappé sur un ordre,
Après ton dernier râle, en ramenant tes draps,
Calme et transfiguré, frère, tu descendras
Dans l'empire où l'amour n'a plus de cœurs à tordre!

TRÉSORS PERDUS

A mon ami Gabriel Bellier.

Des tombeaux garderont de merveilleux bijoux
Que seuls ont su tailler les premiers lapidaires.
Il est des noms choisis, magiques entre tous,
Que seules ont portés des reines légendaires.

Dans des jardins secrets montaient d'exquis parfums
Que pour eux seuls créaient de puissants alchimistes.
Entre les plus beaux airs on en sait quelques-uns
Que seuls auront chantés de sublimes artistes.

Des nababs fabuleux dans d'inouïs cristaux
Ont seuls bu certains vins, élixirs de prophètes.
Pour l'enivrement seul des rois orientaux
L'éclair divin a lui sur des formes parfaites.

Les mages seuls ont vu se mouvoir dans les cieux
Des astres surprenants, au fond des nuits bibliques.
Seuls ils ont mérité les surnoms glorieux,
Les héros dont le monde a perdu les reliques.

Les miroirs les plus purs, sous les chansons des nids,
Ont mouillé les pieds seuls des dryades confuses;
Et seuls, ils ont connu les regards infinis,
Les jeunes couples morts sous le baiser des Muses!

A THÉOPHILE GAUTIER

SALUT à toi du fond de la vie éphémère,
Salut à toi qui vis dans l'immortalité
Où, près de Gœthe assis, tu contemples Homère!

Salut! Tu fus l'amant de la pure beauté;
Et dans ton cœur ému sous d'augustes présages
Tu lui bâtis d'avance un palais enchanté!

Jeune Grec exilé dans la laideur des âges,
Tu te ressouvenais, en pleurant les retards
De la beauté qui fait se lever les vieux sages!

Songeur mélancolique en nos siècles bâtards,
Frère de Phidias, tu chantas loin d'Athènes,
Mélodieux martyr des confus avatars!

Salut! Tu fus l'amant des chimères lointaines;
Et tes yeux clairs cherchaient dans nos fleuves fangeux
Le reflet dont jadis ont frémi les fontaines!

Les olympes toujours ont nos désirs pour jeux!
Mais tu fus le croyant qui voulais toujours croire
A travers le bruit vain des peuples orageux!

Et c'est pourquoi d'en bas nous saluons ta gloire
Et ton rêve vainqueur du doute meurtrier,
Triomphal invité du temple de victoire!

Entres-y le front ceint du vivace laurier,
Toi qui, sachant n'aimer que la beauté parfaite,
Tout jeune sus la peindre en parfait ouvrier!

Après t'avoir pleuré les Muses te font fête,
Nostalgique amoureux des seuls nobles débris,
Doux comme un revenant, calme comme un prophète!

Prêtre tardif, gardien des cultes désappris,
Tu détournas ton cœur des idoles grossières,
Le gardant à l'idole impeccable pour prix.

Honneur à toi parmi les gloires devancières!
Et plus haut par l'oubli des illustres d'un jour,
Tu verras s'écrouler leurs autels de poussières.

Ils t'ont pris par la main, ceux-là qui tour à tour
Au bout d'un burin d'or nous léguaient leur pensée,
Fixant l'œuvre divine en son plus sûr contour.

Reçois de fils pieux la couronne tressée
Pour ceux qu'illuminait un éclair idéal
Dont leur âme en naissant fièrement fut blessée.

Siège, esprit lumineux, au trône sidéral !
Lèvre attique parlant de suprême harmonie,
Étanche enfin ta soif dans un nectar lustral !

La suprême beauté loin de nous est bannie,
Mais nous la revoyons dans le miroir de l'Art,
Depuis que le Rhapsode erra dans l'Ionie.

Salut ! Tu peux parler d'Hélène au grand vieillard !

LES TRÉSORIERS

A Leconte de Lisle.

Un frémissement fier passe à travers les bois;

Aux limpides clartés de la nuit pacifique,
Le vieux peuple muet dont les chênes sont rois
Enfle son âme au vent de leur âme stoïque.

Et le siècle, le jour, l'heure, l'instant, le mois,
Unissent tout à coup dans un arome unique
Mille aromes au loin répandus à la fois.

Le peuple fraternel aux lointaines lisières
Vibre ému tout entier de la beauté des lois
Qui scellèrent ses pieds aux plaines nourricières.

Les timides soupirs, les féroces abois,
Tous les instincts errants, toutes les fourmilières,
Ancêtres! ils sont nés sous votre ombre, autrefois.

Tout ce qui rampe ou court, tout ce qui saigne ou tue,
A vos pieds dormira, cendre inerte et sans voix,
Pour que la sève en vous monte et vous perpétue.

Vous absorbez sans fin par des canaux étroits
Tous les rêves éteints de la vie éperdue,
Et vous en secouez, la nuit, l'immense poids;

Et les rêves encor tombent de vous, ô bois!

LA FEMME DU CHEF

A mon frère Arthur.

I

LE BARDE.

Levez-vous! Regardez, ô vierges de Powys!
Ce qu'ils ont fait de la patrie!
Tous les loups de Kouthwinn ensemble l'ont pétrie
Sous leurs pieds, dans les corps éventrés de nos fils!

Un arbre échappera, couvert de chèvrefeuille,
Peut-être bien; mais tout ce qu'ordonnera Dieu
Arrivera, quoi que l'on veuille!
Le palais de Pengwern n'est-il pas tout en feu?

O Kendélann! Ton cœur, tel qu'un feu de broussailles
Du printemps, pétillait au signal des combats.
Malheur à vous, garçons et filles, qui tout bas
Vous parlez de vos fiançailles!

Kendélann! Lion belliqueux,
Tu défendis longtemps ta ville, pierre à pierre.
— Le loup suit le guerrier dont le cœur est fougueux!
Qui rebâtira Trenn, patrimoine en poussière?

II

LA FEMME.

Je t'admirais de loin combattre le premier,
Ardent, la tête échevelée,
Te ruant par grands bonds à travers la mêlée,
O Kendélann, faiseur de morts, cœur de limier!

La cervoise de Trenn ruisselait sur ta table
Tant que tu défendis ta ville en cendre, hélas!
O Kendélann, chef indomptable!
Tant qu'un mur fut debout tu nous y rappelas!

Mes fils! Hier encor, sous deux coups de sa hache
Les cadavres tombaient à ses pieds par monceaux;
Grandissez! Le lion est mort, mes lionceaux!
Mes fils! mes fils! Malheur au lâche!

Allume en eux ton grand brasier,
Incendie! En leur âme, ô vent! souffle ta rage!
Vengeance! que ta soif dessèche leur gosier!
Et que mon âme à moi soit comme un ciel d'orage!

III

LE BARDE.

Quand il vivait, son toit n'était pas grand ouvert
Sur la salle, comme à cette heure!
Abandonnés après le maître que je pleure,
Comme la salle est sombre et le palais désert!

La salle du palais de Kendélann est sombre
Cette nuit, sans foyer, ni lampes au milieu!
Seul je veille en pleurant dans l'ombre.
Qui peut me soutenir à présent, sinon Dieu?

Salle de Kendélann, quel lourd silence règne
Entre tes murs déserts et sous tes noirs lambris!
Ni foyer, ni lumière! Et, seul dans les débris,
Je sens mon cœur amer qui saigne!

Sans famille, hélas! et sans feux,
Salle de Kendélann, le vent noir te secoue!
Mon chef est mort! Je vis! J'arrache mes cheveux!
Mes pleurs abondamment coulent, creusant ma joue!

Ta salle, ô Kendélann! est morne sous le ciel!
L'asile a croulé sous les flammes,
Où les guerriers, riant aux valeureuses dames,
Écoutaient le vieux barde en buvant l'hydromel!

Que tu me sembles triste et sombre, ainsi sans maître,
Salle de Kendélann, où l'on me fit honneur!
Ah! qui pourrait te reconnaître
Dans cette nuit! — Pitié! Que ferai-je, Seigneur?

Salle des chants joyeux et des fêtes célèbres,
Salle de Kendélann, sans foyer ni chansons,
J'écoute; je n'entends plus rien, ni voix, ni sons;
J'erre tout seul dans les ténèbres!

La salle est sinistre aux sommets
Du rocher d'Hédouez, cette nuit! J'en frissonne!
Chants, festins, compagnons ne reviendront jamais,
Jamais, femmes, amis, ni maître, ni personne!

IV

LA FEMME.

Au grand galop, va! pars! Je porte, ô bon cheval!
La moisson rouge de la veuve!
La gerbe dont la trace est longue comme un fleuve!
L'épi mûr qui brillait ce matin sans rival!

A travers champs je porte à mon côté la tête,
La tête pâle, aux yeux rigidement ouverts,
Que la mêlée avait pour crête
Dans les jours de victoire ou les jours de revers!

J'ai cherché dans la nuit; et je porte à ma gauche
La tête aux longs cheveux du chef des braves clans
Arrachée aux oiseaux qui croassaient sanglants,
Et dont la corne fouille et fauche!

Je porte à cette heure à la main
La tête au front troué d'un guerrier magnanime!
Cours, bon cheval! hennis! je pleurerai demain!
Bondis par la forêt sous ma voix qui t'anime!

Emporte-moi! Je porte, hélas! sous mon manteau,
La tête froide au front tout rouge!
Sur sa face à présent aucun muscle ne bouge!
Elle bat sur mon sein telle qu'un lourd marteau!

En avant! Sur mon bras, au grand galop, je porte
La tête où tant de fois l'éclair terrible a lui!
— Les murs n'ont plus ni toit ni porte! —
Amour et gloire, tout n'est qu'un rêve aujourd'hui!

Là-bas, sur un grand tas d'ennemis, près du môle
De Pennock, il était comme un chêne couché.
Son cou que j'embrassais, moi, moi, je l'ai tranché!
Sa tête est là sur mon épaule!

Mes fils! je vous porte à mon poing
Sa tête aux yeux ouverts qui fixement regardent!
— Dans mon âme ces yeux ne se fermeront point! —
Le jour venu, malheur aux orphelins qui tardent!

Je porte à mes trois fils, je tiens devant mes yeux
La tête, hier effroi du traître!
La tête où flamboyait le regard fier du maître!
La tête qui dormait sur mon sein orgueilleux!

O Kendélann! Au bout de ta pique de frêne
Je leur porte ta tête, ô chef! pour que ton sang
Arrose en eux la bonne graine,
Et les fasse grandir plus vite, en frémissant!

V

LE BARDE.

Le corps de Kendélann, le chef de dix armées,
Gît là, sans tête, blême, inerte, sans chaleur!
J'ai sur l'âme le poids d'une immense douleur,
Songeant près des planches fermées!

J'entends l'aigle d'Éli, ce soir!
Il élève la voix, il crie, et je l'écoute!
Le cœur des guerriers morts fut son large abreuvoir!
Le sang des hommes blancs sur son poitrail dégoutte!

Appelant ses petits qui cherchent leur chemin,
L'aigle d'Éli mange et dévore!
Il parcourt la forêt, il plane, il plonge encore!
L'aigle gardien des mers aime le sang humain!

L'aigle d'Éli du bec et des serres travaille.
Dans la forêt il mord avec un cri perçant.
Il boit le vin de la bataille,
Il se gorge, il s'enivre, il nage dans le sang.

L'aigle d'Éli, du val de Mésir la sœur pâle
Aux champs de Broc'hmael le brave, a tout tari!
Il s'acharne, fouillant dans les morts sans abri;
Il fait des lambeaux qu'il avale!

Maintenant c'est l'aigle au bec gris
Qui sent le corps du chef, là, dans ces planches sombres,
Qui rouvre l'envergure en poussant de grands cris.
C'est l'aigle de Pengwern, là-haut, sur les décombres!

L'aigle au bec gris a soif d'un sang qui coûta cher!
C'est d'un sang pur qu'il est avide!
Il sait que Kendélann gît dans la salle vide;
Sa gorge insatiable a faim de noble chair.

Il a ce soir au loin appelé, l'aigle énorme
De Pengwern que l'on voit dépeçant le guerrier!
Afin qu'aucun barde ne dorme,
Au-dessus du cercueil il va longtemps crier!

Il plonge dans la salle, il bat de sa grande aile,
L'aigle au bec gris que suit de loin un vol pesant!
Et l'on te nomme, ô Trenn! la Déserte, à présent!
O Trenn! hier encor si belle!

VI

LA FEMME.

Malheur à moi! mes fils sont morts!
Là! là! Regardez-les, yeux froids! Jusqu'à la garde
L'égorgeur a trempé son fer dans leurs chers corps!
O Kendélann! tes yeux sont grands ouverts, regarde!

Tous les trois égorgés d'un coup, subitement!
Malheur! Ils sont morts, tous les mâles!
L'abominable nuit emporte au loin leurs râles!
Et dans mon sein gonflé s'engouffre un hurlement!

Quand j'accourais, criant : « Lâche, qui vit esclave! »
L'aurore à leurs berceaux empourprait ses rougeurs!
En leur portant ta tête, ô brave!
J'accourais! Ils sont morts, eux, les futurs vengeurs!

Qui donc les vengera, puisqu'il n'est plus, leur père?
Qui donc te vengera, si tes fils sont partis?
Qui me vengera, moi, lionne sans petits,
Seule, sans mâle et sans repaire?

Mes fils! Horreur! ils ne voient plus!
Tous les trois sont muets! En vain je les appelle!
— Je ne veux pas prier, les bras irrésolus!
Je ne veux pas gémir au fond d'une chapelle!

J'irai! Vers les vivants je tournerai ton front,
O chef! partout, sans clameurs vaines!
Mes yeux feront bouillir un sang chaud dans les veines!
Je montrerai ta face, et tous ils me suivront!

J'embaumerai ta tête illustre et vénérée!
— Qu'il se lamente, lui, le barde aux cheveux blancs! —
Criant : « Debout! » par la contrée,
J'irai! j'enflammerai les débris des vieux clans!

Des villages marins aux huttes sous les chênes
J'irai! Des plus tremblants je ferai des héros!
Kendélann! Des fuyards je ferai des taureaux
Qui beuglent en brisant leurs chaînes!

J'en ferai des tigres sans peur,
Féroces, je le jure, ami, tu peux m'en croire,
Derrière moi lancés aux pistes du vainqueur,
Ta tête pour drapeau sur cette pique noire!

Je lèverai l'armée au cœur dur, sans retard!
J'irai du val à la montagne!
Et comme un tremblement du vieux sol de Bretagne
Nous passerons demain, moi portant l'étendard!

COROT

I

DANS la rue où je vais d'ordinaire cherchant
Un imprévu qui brille aux portes d'un marchand,
Ce matin, un tableau, l'honneur de sa vitrine,
Étincelait du sceau qui de loin se devine.
Précieuse rencontre! Intime émotion
Déjà depuis longtemps connue! Attraction
Qu'en chemin tant de fois j'ai sentie et suivie,
Et qui sur le trottoir me clouant, me convie
A quelque incomparable et long recueillement!
Enlevé tout à coup délicieusement
Hors des réalités odieuses et vaines,
Arraché par un charme à la lourdeur des peines,
Comme loin des laideurs d'alentour, des devoirs
Fastidieux par qui nos ennuis sont plus noirs,
Libre un moment des fils que tend la destinée,
Je reste là, prunelle ouverte et fascinée,

Et tout entier me sens envahir, ennobli
Par la sérénité faite de tant d'oubli.
Et je m'éloigne en vain; la vision magique
Demeure en mon cerveau comme une image unique;
A travers les labeurs journaliers je la vois;
Au fond de ma mémoire elle évoque parfois
Les cadres familiers du vieux maître que j'aime,
D'autres sans doute encore ignorés de moi-même,
Si bien que toute l'œuvre illustre où je me plais
Me semble pendre aux murs d'un triomphal palais.

II

L'ineffable spectacle, et l'ivresse muette!
Alors, tout à mon gré, j'erre dans une fête
Que ta présence vient illuminer, ô toi
Dont la forme impalpable est toujours près de moi!
Avec toi bénissant chaque métamorphose,
Sans fin je me promène et sans fin me repose
Dans ces reflets d'un monde auroral; sa fraîcheur,
Vers le sol par endroits condensée en blancheur,
Filtre en nous, te consacre et, moi, me purifie.
Oh! tous les deux sourire en admirant la vie
Dans le sourire clair des primitifs printemps!
Nous repaître les yeux sans cesse en même temps
De la suavité d'innocents paysages,
Par un art clairvoyant surpris dans leurs mirages!

Ensemble ainsi marcher et rajeunir en vous,
Jeunesse arborescente aux lacs discrets et doux,
Aux prés élyséens, aux couples idylliques,
Aux apparitions des soirs mélancoliques!
Toujours une harmonie adorable nous suit,
Nous enveloppe ou nous absorbe ou nous conduit.
Une âme saisissable et fidèle et candide
Toujours ondule autour d'un branchage fluide,
Toujours palpite au loin sur de vagues coteaux,
Toujours tremble au-dessous de transparentes eaux.
Oh! lui laisser ravir nos deux âmes unies
En souffles confondus dans mille symphonies!
Et nous, dans la tendresse universelle, au sein
De la grâce idéale et du fuyant dessin
Des choses, nous sentir confusément renaître,
Ou nous évaporer l'un et l'autre peut-être
Au fond d'un crépuscule antique, en ces moments
Où la terre et le ciel sont pleins d'enchantements.

III

Ici le poids des jours alourdit l'atmosphère.
Cher fantôme toujours présent, toi qui sais faire
De ma vie un seul rêve, approche-toi! Je veux,
T'associant encore à chacun de mes vœux,
Jouir du calme jour qui jamais ne s'achève

Dans les créations du grand peintre du rêve.
Aux routes d'aujourd'hui tournons encor le dos !
Viens nous réfugier dans les eldorados
Que seul put entrevoir et léguer le génie,
Dans les édens où court une sève infinie,
Où circule à jamais un air plus caressant
Qu'une aile séraphique et large qui descend !
Ah ! la paix, nulle part ailleurs qu'en ces retraites,
Ah ! nulle part ailleurs, dans nos âmes distraites
L'oubli, comme un secret bienfaisant d'avenir,
Ne sauraient monter mieux ni mieux s'épanouir !
Là, tout me saluera puisque tu m'accompagnes ;
Et sous aucun feuillage épais de nos campagnes,
Sur aucun des gazons que foule un pas humain,
Nous n'irions plus légers, en nous tenant la main,
Les poumons plus gonflés d'une béatitude
Surnaturelle, offrant à chaque solitude
L'intérieur trésor d'une fraternité
Indissoluble. Loin de l'énorme cité,
La Nature, là-bas, pour que tu t'extasies,
Semble s'éterniser en ses heures choisies.
On dirait que là-bas l'élan mystérieux
D'un désir, d'un regret peut-être, sous nos yeux
Fait par effluve long, par attirance lente,
Croître la créature et s'animer la plante ;
Et tout paraît n'avoir pour but dans l'horizon
Que toujours aspirer l'éparse exhalaison,
En s'exhalant toujours soi-même aussi, tranquille
D'exister pour la même existence facile.

IV

Fuyons les jours maudits qui tombent du vrai ciel!
Disons adieu bien vite à l'univers réel!
Partons! Ressuscitons en ces nobles patries!
Vois ces brumes rasant les pentes des prairies!
Tout près, nous attendant sur les rives en fleurs,
Des barques ont gardé pour nos esprits meilleurs
Le complaisant accueil qui berce les pensées.
Entrons-y, puis au cours d'insensibles poussées
Glissons sur ces bassins faits de molles clartés,
Sur ces étangs par l'aube éternelle argentés.
Tout est féerique autour de nous, tout est surprise;
En nous de même tout se spiritualise;
Et chaque halte auprès des saules vaporeux,
Sous un ciel pommelé qui ne répand sur eux
Ni le rayon trop vif, ni l'ombre où tout se noie,
Nous promet on ne sait quelle nouvelle joie!
Ces sentiers indécis, où nous conduiront-ils?
Ces gazons si moelleux bordés d'arbres subtils,
De bouquets éclatant en flocons sur des tiges,
Où mènent-ils, sinon par d'inconnus prestiges
Aux habitations légendaires du cœur,
Aux toits bâtis exprès dont l'hôte est le bonheur?
Écoute s'élever de partout la musique
D'un hymne merveilleux, reconnaissant cantique,

Un concert entendu pour la première fois,
Chant suprême des chants, voix de toutes les voix
Des êtres qu'un frisson marie et renouvelle
Dans une éclosion sainte et perpétuelle.

V

Des pays de Jouvence aux célestes matins
Où nous aurons trouvé tous les secrets lointains,
Tari tous les nectars aux saveurs indicibles,
Bu tous les philtres, tous les baumes invisibles,
En de changeants décors transportés, contemplons
Les coins voluptueux, les séduisants vallons
Du royaume des soirs pâlis ! L'un près de l'autre,
Ainsi qu'en un berceau redevenu le nôtre,
Là goûtant des loisirs religieux, nos fronts
Parsemés de lueurs furtives, nous pourrons
Sentir nous arriver sur de tièdes haleines
Les vivantes odeurs qui tournent sur les plaines.
Les croyances des temps qui ne sont plus, alors,
En ce qu'elles avaient d'aimable, et sans efforts,
Refleuriront en nous dans un site propice,
Non loin d'un seuil sacré que le lichen tapisse ;
Un vent soulèvera tes cheveux et les miens ;
Un cri réveillera l'âme des bois païens ;
Et soudain, sur les bords des sources bleuissantes,
Dans quelque haut fouillis d'herbes phosphorescentes

Nous verrons devant nous passer des corps divins,
Nous surprendrons au son du pipeau des sylvains
Les nymphes s'attardant aux rondes d'Arcadie!
Sous la ramure proche et sombrement verdie,
Nous pourrons partager, en égarant nos pas,
Les espoirs éthérés que l'arbre ne dit pas,
Nous-mêmes parfumant de nos deux consciences
Un brouillard de parfums et de réminiscences!
Ou bien, sur quelque tertre indolemment assis,
Maîtres du temps qui coule, exemptés des soucis,
Emplis d'échos au bruit des feuilles sur nos têtes,
A demi disparus sous les ténèbres prêtes,
Nous pourrons regarder au loin et voir longtemps
Se diaprer l'azur et ses crêpes flottants,
S'effacer par degrés les contours des collines,
Toutes choses se fondre en nuances plus fines,
Et s'étendre au-dessus des hameaux enfouis
Le voile diaphane et nuptial des nuits!

VI

Car l'Amour est vraiment le dieu de ces contrées,
Merveilles pour lui seul et par lui seul créées,
Séjours miraculeux, exils d'élection
Que conserve aux amants la fée Illusion.
Dans ces asiles sûrs qu'aucune main n'offense,
Tous, ils recouvreront la foi de leur enfance,

Le symbole perdu du silence ou des mots,
Et dans leurs battements les battements jumeaux
De tout ce qui, cherchant l'appel qui lui réponde,
Se dilate et frémit sous la brise féconde !
S'aimer dans ces nombreux paradis de beauté,
C'est s'abîmer tous deux dans la félicité
D'un immatériel et surhumain mystère;
C'est se ressouvenir, ou marcher sur la terre
Comme deux voyageurs que n'atteint plus la mort,
Ignorant le mensonge et la haine du sort,
Les crimes, les combats des hommes et leurs feintes,
Ne connaissant plus rien par delà leurs atteintes,
Bien loin de leurs autels et de leurs vils encens,
Rien que la fusion de l'esprit et des sens
Dans l'immortel Amour, le Souverain immense
Qui met toute sa gloire en toute sa clémence!

FORÊT D'HIVER

A Albert Mérat.

SERONT-ILS toujours là quand nous disparaîtrons ?
Les voilà, roidissant ces vénérables troncs
Où les vents boréens ont usé leurs colères,
Eux, les arbres, longs murs de héros séculaires
Durcis aux noirs assauts des hivers meurtriers,
Inexpugnable bloc d'immobiles guerriers
Qui, sous le choc prochain des rafales nocturnes,
Pour un instant se font tout à coup taciturnes,
Solennels et géants, horribles et nombreux,
Et défiant la mort comme les anciens preux !
Chênes, trembles, bouleaux, sapins, hêtres et charmes
Semblent marcher par rangs de squelettes en armes
Dont l'âme rude a fait d'invincibles remparts ;
Et du sol qui reluit de leurs débris épars
Ils se dressent humant le parfum des batailles,
Tout cuirassés d'écorce ou pourfendus d'entailles
Où demain viendront boire et chanter les ramiers,
Et leur cime s'emmêle en d'immenses cimiers.

Des frères sont tombés dans un adieu sonore,
Cadavres hérissés sur la lisière encore;
Mais dans l'armée au cœur indomptable, beaucoup
Sont morts depuis longtemps qui sont restés debout.
Ils sont tels, ces captifs rigides, que l'outrage
Éternel les retrouve augustes dans notre âge,
Et tel est leur silence aux approches des nuits,
Que la vie en a peur et fait taire ses bruits;
Et que le fils errant des époques dernières,
L'homme, ainsi que la bête au fond de ses tanières,
Se retire à la hâte, écrasé sous le poids
Des lourds mépris qu'il sent tomber dans l'air des bois
Sur tous les vains espoirs où son désir s'enivre.
Et le rouge soleil saigne à travers le givre
Dans l'enchevêtrement des ténébreux lutteurs;
Puis tout s'éteint; la nuit aux démons insulteurs
Monte multipliant l'épaisse multitude,
Et de leur propre horreur sacrant leur solitude,
Eux, les arbres, debout, garderont sous les vents
L'obscur secret du rêve où sont nés les vivants.

TABLE

TABLE

LES PAROLES DU VAINCU

LA RENCONTRE

LES AMANTS

Achevé d'imprimer

le sept février mil huit cent quatre-vingt-seize

PAR

ALPHONSE LEMERRE

25, RUE DES GRANDS-AUGUSTINS, 25

A PARIS

3. — 2519.

PETITE BIBLIOTHÈQUE LITTÉRAIRE

(AUTEURS CONTEMPORAINS)

Volumes petit in-12 (format des Elzévirs)
imprimés sur papier vélin teinté
Chaque volume : 5 francs ou 6 francs
Chaque œuvre est ornée d'un portrait gravé à l'eau-forte

MARCELINE DESBORDES-VALMORE. Œuvres poétiques (1819-1859). *Idylles.* — *Élégies.* 1 vol.. avec portrait	6 fr.
—	*Élégies.* — *Romances.* — *Mélanges.* — *Fragments.* — *Poésies posthumes.* 1 vol.	6 fr.
—	Œuvres poétiques (1819-1859). *Les Enfants et les Mères.* 1 vol.	6 fr.
LÉON DIERX. *Poèmes et Poésies.* — *Les Lèvres closes.* 1 vol. avec portrait		6 fr.
—	*Les Paroles du Vaincu.* — *La Rencontre.* — *Les Amants.* 1 vol.	6 fr.
AUGUSTE DORCHAIN. *La Jeunesse Pensive.* — *Vers la Lumière.* — *Poésies diverses.* 1 vol.		6 fr.
FRANÇOIS FABIÉ. Poésies (1880-1887). — *La Poésie des Bêtes.* — *Le Clocher.* 1 vol. avec portrait		6 fr.
—	Poésies (1888-1892). — *La Bonne Terre.* — *Voix Rustiques.* 1 vol.	6 fr.
FERDINAND FABRE. *L'Abbé Tigrane.* 1 vol.		6 fr.
—	*Monsieur Jean.* 1 vol.	6 fr.
—	*Barnabé.* 1 vol.	6 fr.
—	*Le Chevrier.* 1 vol.	6 fr.
GUSTAVE FLAUBERT. *Madame Bovary.* 2 vol.		10 fr.
—	*Salammbô.* 2 vol.	10 fr.
—	*Trois Contes.* 1 vol.	5 fr.
—	*La Tentation de Saint Antoine.* 1 vol.	5 fr.
—	*L'Éducation sentimentale.* 2 vol.	10 fr.
—	*Bouvard et Pécuchet.* 1 vol.	5 fr.
—	*Théâtre.* 1 vol. avec portrait	5 fr.
THÉOPHILE GAUTIER. *Premières poésies. Albertus.* — *Poésies diverses.* 1 vol. avec portrait		6 fr.
—	*La Comédie de la Mort.* — *España.* — *Poésies inédites.* — *Poésies posthumes.* 1 vol.	6 fr.
—	*Émaux et Camées.* — *Théâtre en vers.* 1 v.	6 fr.
—	*Mademoiselle de Maupin.* 2 vol.	10 fr.
—	*Le Roman de la Momie.* 1 vol.	6 fr.

Paris. — Imp. A. LEMERRE, 25, rue des Grands-Augustins. 4.-2519.

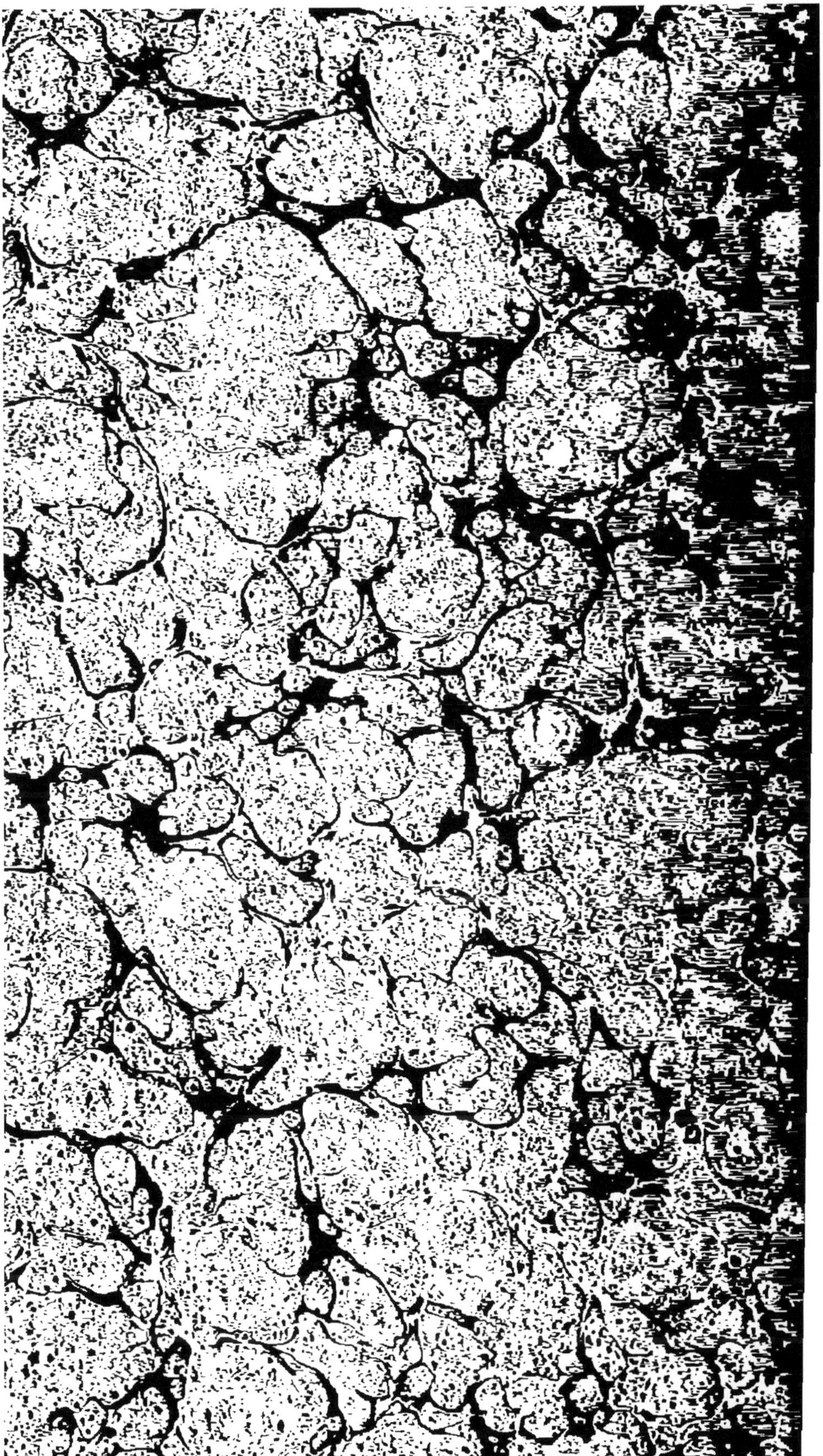

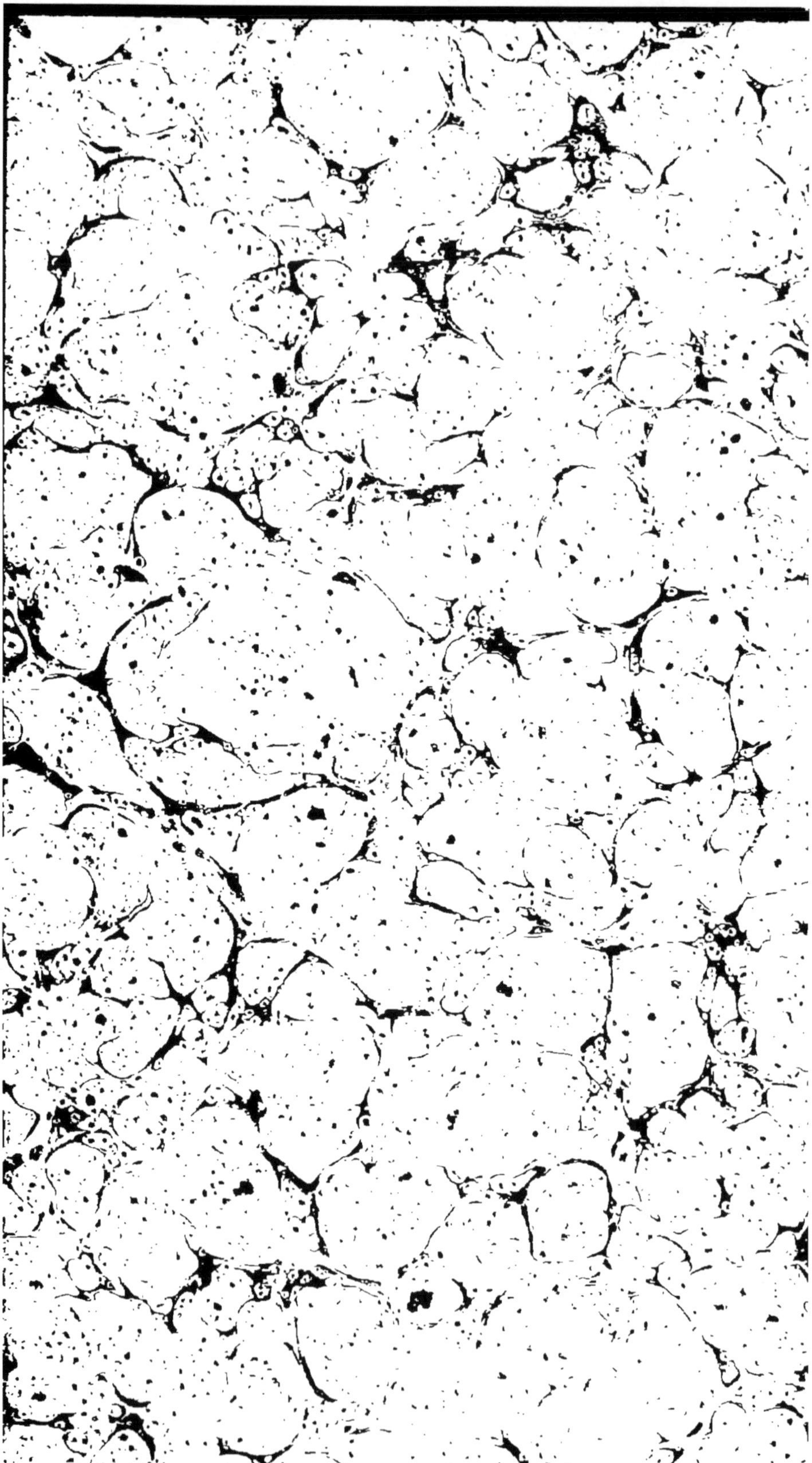

Imprimé en France
FROC032315261119
22783FR00012B/360/P